CAVALER SEULE

Kathryn Scanlan

CAVALER SEULE

traduit de l'anglais (États-Unis)
par Laetitia Devaux

la croisée

Titre original :
Kick the Latch

Photographie :
© *The Gallop*, Eadweard Muybridge, 1887.

Conception graphique :
Karine Picault – Studio Delcourt

Première publication aux éditions New Directions, USA, en 2022.

La croisée
Groupe Delcourt
8, rue Léon Jouhaux
75010 Paris
www.editions-lacroisee.fr

À Sonia

1

DANS LE PLÂTRE

Je suis née le 1er octobre 1962. Je suis née à Dixon, Iowa. Je suis née avec une luxation de la hanche. Le médecin a dit que je ne marcherais jamais. Il doit forcément y avoir une solution, a répondu ma mère. On m'a donc plâtrée des pieds jusqu'au torse en laissant juste l'espace nécessaire pour me langer. J'ai passé cinq mois comme ça. Ensuite, on m'a mis les jambes dans deux plâtres reliés par une barre de fer, et des souliers spéciaux. Au final, j'ai pu marcher. Je le dois au Dr Johnson. Ma mère disait toujours : Sans ce bon Dr Johnson...

LE VIEUX

On vivait dans un quartier pauvre, mais on s'y amusait beaucoup. Il y avait des étangs à poissons rouges, un terrain de motocross, la décharge et Jenny Bicyclette. On construisait des radeaux pour descendre le cours d'eau. La terre nous faisait vivre.

Au bout de la rue, il y avait une famille indienne qui avait quitté la réserve – le grand-père, les enfants et les petits-enfants. Les plus jeunes avaient notre âge, alors on passait beaucoup de temps ensemble. Le grand-père aimait bien me parler de sa religion et de ses croyances. J'adorais qu'il me raconte ses histoires et ses contes. Je l'appelais Grand-Père.

Le vieux, tout le monde l'aimait, mais il picolait. Et quand il était ivre, sa fille et son gendre le laissaient à la porte. Moi, je disais :

Grand-Père peut venir à la maison, je dormirai avec ma sœur, comme ça, Grand-Père prendra mon lit. Il cuvait dans ma chambre et il rentrait chez lui après.

Sa fille et son gendre n'aimaient pas qu'il boive, mais eux aussi, ils buvaient. Ils se saoulaient et ils se battaient, leurs enfants se réfugiaient chez nous, et on appelait la police. On guettait les flics par la fenêtre de la chambre, et à leur arrivée, ils les embarquaient, menottes aux poings. Un jour, le mari a été emmené sur un brancard parce qu'il avait pris des coups de couteau.

CE N'ÉTAIT PAS SA FAUTE

Quand j'ai eu six ans, on a récupéré un gros chien qui n'arrêtait pas de se jeter sur moi et de descendre ma culotte avec ses pattes dans le jardin. Ce n'était pas sa faute, il n'était pas castré et j'avais pile la bonne taille.

Au bout d'une semaine, ma mère a renvoyé le chien chez l'homme qui nous l'avait donné. À mon retour, le chien avait disparu et j'ai pleuré comme une madeleine.

Puis mon oncle a entendu dire qu'un gars se débarrassait d'un poney shetland, mais c'était un étalon. Mon oncle a quand même emprunté une remorque pour aller le chercher. On louait une maison bon marché entourée d'une petite clôture blanche branlante. On a attaché le poney à un plot en béton sur le devant, là où il y avait plein d'herbe à brouter.

Un jour, des filles sont passées sur leurs juments et le poney s'est mis à hennir, tout excité. Je l'ai attrapé par le licol, il m'a envoyée valser contre le mur de la maison d'un coup de sabot. Ma mère a saisi le plot en béton pour l'arrêter mais il l'a traînée sur la route – du ski sur asphalte. Au bout du compte, un automobiliste lui est venu en aide et à deux, ils ont réussi à ramener le poney. Ma mère était couverte d'écorchures, de bosses et de bleus.

Le poney est reparti juste après ça.

MILK BONES

Avec Regina, la petite voisine qui avait mon âge, on se nourrissait de croquettes pour chien Milk Bones. On les mangeait par poignées qu'on prenait à même le sac.

Le matin, je me préparais seule avant d'aller en classe. Je mettais le rouge à lèvres de ma mère, ses robes et ses chaussures à talons.

En CP, huit filles m'ont plaquée contre les casiers en braillant : Frappez-la, frappez-la ! Je n'avais pas envie de me battre, mais quand l'une d'elles s'est jetée sur moi, j'ai envoyé balader mes talons et je lui ai réglé son compte.

On nous a conduites chez le directeur, et ma mère est arrivée plus tard. La fille avait le visage amoché et un œil au beurre noir. Je croyais qu'on allait me jeter en prison. Ma mère a dit : Ça serait pas mes chaussures, ça ?

JENNY BICYCLETTE

Avant la mort de son mari et l'incendie de sa maison, Jenny Bicyclette travaillait aux abattoirs Crocker. De sa maison, il ne restait qu'un trou en béton calciné. C'est là qu'elle vivait.

Elle rapportait de la ville des sacs de flocons d'avoine dans une petite remorque attelée à son vélo. Elle s'arrêtait chez nous parce qu'on avait beaucoup de pissenlits dans le jardin. Elle les cueillait pour les cuisiner.

Elle portait des chemises d'homme, elle mettait du rouge à lèvres et du fard à joues très vifs. Son visage était tout ridé, buriné par le vent. Elle n'était pas très grande, mais plutôt trapue. L'été, elle portait un fichu et l'hiver, des bonnets de laine, une capuche, des couches et des couches de vêtements, des gros manteaux d'homme, des bottes masculines bien chaudes.

C'était une jardinière hors pair. Le Dr Cheltington et d'autres gens du quartier riche l'employaient pour s'occuper de leur propriété. Elle aurait fait pousser n'importe quoi, et grâce à elle, ces jardins étaient magnifiques.

Si elle entrait chez vous, son odeur traînait jusqu'au lendemain. Par beau temps, elle se lavait dans le ruisseau ou les étangs, mais l'hiver venu, elle empestait. La plupart des garçons du quartier n'avaient jamais vu de femme nue avant de surprendre Jenny Bicyclette en train de faire sa toilette dans l'étang aux poissons.

Elle avait plein de chiens – des chihuahuas qui glapissaient et qu'elle gardait dans un enclos grillagé. Sans exagérer, je parle là de soixante ou soixante-dix chihuahuas. Elle disait toujours qu'elle en avait cent.

Dès qu'on la voyait partir en ville, on filait chez elle. On escaladait la clôture, on passait devant les chiens et on inspectait les lieux. Elle avait un fil à linge avec des épingles tendu entre les arbres. Dans son trou, il y avait une vieille baignoire, un réchaud de camping en fonte. Et des tubes à essai fermés par des bouchons en caoutchouc, des fioles bleues, des bocaux de confiture qu'elle confectionnait avec les framboises de son jardin. Il y avait également des baies rouge vif. C'est sans doute du poison, affirmait quelqu'un.

Si elle avait besoin d'eau, Jenny Bicyclette avait la permission d'entrer chez nous pour en prendre. Elle remplissait ses bidons à lait dans notre évier puis les mettait sur la remorque de son vélo. Les jours de neige, elle se servait d'une luge.

Quand nos parents étaient là, on n'avait pas peur, mais si elle venait en leur absence, là, on avait peur. En la voyant arriver, j'allais me cacher avec ma sœur sous le lit. Et on ne bougeait plus jusqu'à ce qu'on entende la porte s'ouvrir.

Elle parlait toute seule en remplissant ses bidons avec une voix de sorcière, aiguë et éraillée. Elle portait de gros gants de travail d'homme, son chapeau et un autre par-dessus, et elle avait en général quelques chihuahuas fourrés dans son manteau.

Jenny Bicyclette disait : Regardez ce que j'ai apporté, et elle les sortait de la poche de sa chemise. Elle mettait les chiots dans de petites corbeilles à fraises.

Un été, une chatte errante est arrivée chez nous et a mis bas. Dans la portée, il y avait un chaton roux mal en point qui balançait la tête d'avant en arrière. À l'instant où il a lâché le mamelon, je l'ai montré à Jenny Bicyclette : Regarde mon chaton, il a un problème avec sa tête. Laisse-le-moi, je vais voir ce que je peux faire, elle a répondu.

Je me suis dit : je le reverrai jamais. Et je l'ai presque oublié. Sans doute parce qu'il y avait d'autres chats. Je ne me souviens pas de m'être inquiétée ou interrogée. Je ne sais pas combien de temps a passé, peut-être quelques semaines. Puis un jour, alors que j'étais dehors dans le hamac, Jenny Bicyclette a surgi en disant : Il y a quelqu'un pour toi.

Je ne sais pas ce qu'elle avait fait, je ne sais pas comment elle avait empêché ses petits chiens de le tuer, mais le chaton allait bien, il ne balançait plus la tête. Elle ne l'avait pas échangé : ce chat roux avait trois marques blanches distinctives. Il n'y a pas deux chats qui ont des marques identiques.

Quelques mois plus tard, ma sœur et moi, on balayait les feuilles mortes avec notre mère quand on a vu une ambulance, puis des voitures de police. Il n'y avait pas beaucoup de passage dans notre rue et comme on était curieuses, on a couru voir. On entendait des cris, des pleurs et des aboiements. Il y avait là tout une équipe. Les services sociaux ont dit qu'elle ne savait pas s'occuper d'elle. On ne peut pas vivre comme ça, ils ont ajouté. Il a fallu plusieurs hommes costauds pour la faire monter dans l'ambulance. Ils ont poursuivi les chiens avec des filets. Nous aussi, on criait et on pleurait.

Elle a fini dans une institution à Comstock, Iowa. J'ai toujours voulu aller lui rendre visite. Elle a vécu longtemps là-bas, elle est morte presque centenaire. J'ai encore sa nécrologie. Ma mère l'avait gardée dans un album. Elle s'appelait Marla Weaver. Née à Chesterfield, je crois.

Dans son trou, il y avait des piles et des piles de couvertures et de sacs de couchage pour Jenny Bicyclette. Mais les chiens ? Les chihuahuas sont de petites créatures à poil ras – comment ils faisaient pour survivre à l'hiver ? Je n'y avais jamais réfléchi quand j'étais gamine mais aujourd'hui, je me pose la question – comment ils ne gelaient pas sur place ?

Si quelqu'un me racontait cette histoire, je répliquerais sans hésitation : C'est n'importe quoi. Des chihuahuas ? Dans un trou ? En hiver, dans une baignoire ? En Iowa ?

2

DEVENIR JOCKEY

À l'école, on nous demandait toujours ce qu'on voudrait faire plus tard. Moi, je répondais que je voulais devenir jockey, monter des chevaux de course. Ça inquiétait mes professeurs. Un jockey, ça doit être petit, et moi, je grandissais. On m'a dit : Mets-toi des livres sur la tête pour ralentir ta croissance, alors je me promenais tout le temps avec des livres. Une pile des plus lourds que je puisse trouver.

Le week-end, mes parents nous emmenaient aux courses à Jackson. Mon père allait parier pendant que ma mère attendait dehors avec ma sœur et moi. On se pressait contre la rambarde pour regarder les chevaux courir.

IL N'Y AVAIT QUE ÇA

Qu'est-ce que tu veux pour Noël, qu'est-ce que tu veux pour ton anniversaire, qu'est-ce qui te ferait vraiment plaisir ?

Un cheval !

Même si on n'en avait ni le droit, ni l'argent, ma sœur et moi, on faisait le tour du quartier à vélo pour demander : Vous auriez pas un cheval à vendre, ou vous savez où on pourrait mettre un cheval, ou vous connaîtriez pas quelqu'un qui aurait un cheval à vendre, et si oui, combien ?

Keith Baxter possédait une écurie à Dixon où il louait des chevaux à l'heure. La première fois que ma mère m'y a emmenée, Baxter m'a assise sur un immense cheval appelé Joe. J'ai dit : Je veux monter celui-là en désignant un petit cheval tout seul dans le corral. Baxter a dit : Si t'arrives pas à monter Joe, aucune chance que ça marche avec Rowdy.

BOUM !

Rowdy était un petit mustang de Black River, Dakota du Nord – un paint horse pie alezan tout simplement magnifique. Le courant passait bien entre nous. C'était toujours lui que je voulais monter.

Melvyn Abernathy était un célèbre voltigeur de Dixon qui possédait un piquet de palominos. Melvyn capturait des montures sauvages à Black River, puis il les ramenait dans son van. C'est comme ça qu'il avait trouvé Rowdy.

Mais quand il a voulu le mettre au travail, Rowdy n'a pas arrêté de fuir – les clôtures de Melvyn étaient trop basses –, alors il l'a vendu à Keith Baxter. Chez Baxter non plus, on n'aimait pas Rowdy parce qu'il faisait tomber tous ceux qui essayaient de le dompter. J'ai fait plein de chutes, mais je remontais aussitôt.

Vous voyez ces vieilles représentations du cow-boy avec son chien, tous deux l'air endormi pendant que le cheval avance à pas lourds ? Rowdy n'était pas du tout comme ça. Dès qu'il sentait son cavalier baisser la garde, *boum !*, il le jetait à terre. Il était nerveux et rapide. Il se faisait peur. Il était sensible. Il avait reçu ça en héritage.

J'AI EU MON LOT DE CHUTES

Comme Rowdy était un petit cheval, je ne tombais pas de très haut. J'ai commencé par le monter dans la grande carrière de Baxter. Je tombais, je remontais sur son dos, et Baxter secouait la tête. Enfin, un jour, il m'a dit : Tu peux aller dehors, maintenant. J'ai commencé à partir en balade avec d'autres cavaliers dans les ravins qui bordaient la grand-route. Si une voiture passait en pétaradant, Rowdy me désarçonnait. Si des faisans surgissaient des broussailles, rebelote.

Rowdy me faisait tomber et il rentrait chez Baxter au triple galop. Quand j'en ai eu marre de faire cinq bornes à pied jusqu'à l'écurie ou de monter derrière une autre fille, j'ai appris à tenir à cheval. Je guettais le frémissement de ses oreilles et l'attitude de son corps. Au moment où il commençait à se crisper, je lui parlais. Je n'avais pas les moyens de m'acheter une selle, alors je montais à cru, ce qui muscle les jambes et fait l'assiette.

Dès que je tondais la pelouse ou que je filais un coup de main à la maison, mes parents me donnaient un dollar pour que je puisse aller monter Rowdy. Quand je n'avais pas d'argent, j'y allais uniquement pour le brosser et lui parler.

Pour mon anniversaire, j'ai pu le louer cinq heures d'affilée. On a emporté de quoi grignoter, le cheval et moi, et on est partis galoper dans les champs. Rowdy s'est agenouillé dans l'herbe, j'ai sauté de son dos. Il s'est avancé dans le ruisseau et il s'est roulé dedans. On a déjeuné et on a fait la sieste à l'ombre d'un grand arbre.

MON PAINT HORSE

Un jour, Keith Baxter a dit : Tu sais, je vais vendre ce cheval. Il a ajouté qu'il en voulait cent dollars.

J'ai couru chez moi, j'ai fait le ménage, j'ai tout donné avant que ma mère rentre du travail. Elle bossait dur, mon père bossait dur – c'était un vétéran de la guerre de Corée. Le loyer de notre maison s'élevait à soixante-quinze dollars par mois.

Ma mère a dit : Demande à ton père. Mon père a dit : Dans une semaine, tu n'en voudras plus, tu t'intéresseras aux garçons à la place.

Puis ma mère a demandé son avis à Gary Goldberg. Gary était un grand homme de cheval qui possédait une écurie à Storyville, à quelques kilomètres de là. S'il faisait trop chaud ou que les mouches piquaient trop, Gary refusait de vous louer une monture, alors que Keith Baxter était toujours ravi de prendre votre argent. À ma mère, Gary Goldberg a dit : Je ne pense pas que ça soit une bonne idée.

Une semaine plus tard, je pleurais sur le dos de Rowdy, convaincue que c'était la dernière fois que je le voyais. Baxter et ma mère m'observaient au bord de la carrière. Puis Baxter a mis les mains en coupe et a crié : Alors, qu'est-ce que tu penses de ton nouveau cheval ?

Après ça, il y a eu la pension à payer – car il est resté chez Keith –, l'alimentation, le matériel et le vétérinaire. Ma mère a sacrifié beaucoup de sa petite vie pour que moi, je... mais il me fallait ce cheval.

PLUTÔT MARRANT, UN VRAI CLOWN, UNE TÊTE DE MULE COMME PAS DEUX

À la moindre occasion, je filais chez Baxter. Les jours où les cours finissaient plus tôt à cause du blizzard, j'y allais malgré la neige. C'était à huit kilomètres. Je les ai parcourus à vélo jusqu'à ce qu'on me le vole. Ensuite, je marchais ou je me faisais conduire par d'autres cavaliers.

Si l'école appelait ma mère pour la prévenir de mon absence, elle savait qu'il fallait d'abord me chercher chez Baxter. On me retrouvait en balade sur mon paint horse, aux anges.

Quand j'étais de bonne humeur, ça arrivait que Rowdy me mette à l'épreuve. Quand j'étais pressée, il refusait de se laisser attraper. Il m'a enseigné la confiance. Il m'a enseigné à ne jamais faire trop confiance. J'ai appris à toujours me tenir sur mes gardes.

À l'écurie, les filles pouvaient doucher leurs chevaux au tuyau d'arrosage, mais moi, je devais laver Rowdy à l'éponge avec un seau d'eau de vingt litres. Il ne s'est jamais habitué au jet et à son bruit de serpent.

Si j'avais passé une mauvaise journée, mon cheval le savait. Si je pleurais assise par terre dans son box ou dans son pré, il me donnait des petits coups de tête jusqu'à ce que je me mette à rire. Si je le montais et que je me disais : j'ai envie d'accélérer, il accélérait. Il prenait toujours soin de moi – et moi de lui.

Quand vos parents ne s'entendent pas, quand ils se disputent, quand il y a des abus, il vous reste toujours votre cheval. Les jours où rien n'allait, j'allais voir mon cheval et il arrangeait tout. C'est pour ça que je dis toujours que c'est mon cheval qui m'a élevée.

3

UN PETIT RÉVEIL MÉCANIQUE

À seize ans, j'ai écrit à des entraîneurs de chevaux et à des directeurs d'hippodromes. J'avais trouvé leurs coordonnées dans les programmes des courses que je conservais. Je leur proposais de travailler en échange du gîte et du couvert pour apprendre les ficelles du métier.

J'ai été contactée par une entreprise familiale de Denton, Iowa. BT Beauregard était dirigée par Buford Beauregard et son frère Lester. Ils possédaient trois pur-sang et un quarter horse. J'ai passé l'été à la ferme avec Bud, Lester et leur ami Riley Walker, originaire de Tindall.

J'ai appris à poser des bandes et à nouer la queue d'un cheval pour éviter de la salir. J'ai appris à masser leurs membres pour activer la circulation.

J'avais un petit réveil mécanique. Quand on me demandait de masser chaque membre pendant cinq minutes, je m'assurais que ça dure bien cinq minutes.

J'avais un cheval préféré, il s'appelait Buckin' Bones. Qu'est-ce que j'aimais ce cheval… Mais je les aimais tous sans exception. Je passais mes journées avec eux. On me surnommait Bones.

DES ÉTRIERS TRÈS COURTS

J'ai appris à entraîner dans les champs de maïs. Il y avait toujours des faisans ou un chevreuil pour bondir et faire peur aux pur-sang. Je montais comme un jockey, très court avec une petite selle légère à troussequin plat, perchée sur mes étriers de façon à alléger l'arrière-train et à limiter le poids sur le dos et les épaules du cheval. On utilise des rênes assez longues, qu'on croise pour former ce qu'on appelle un pont. La fille de Lester m'avait appris à faire ce pont et à bien placer mes épaules, à tenir mon dos. Il faut penser en permanence à l'équilibre et à l'assiette, et ne pas tirer sur la bouche – on choisit des mors Dexter ou des mors simples, des mors légers, jamais des mors durs.

C'est tout un art de savoir combien d'énergie le cheval a encore sous le capot. On peut galoper le nez au vent dans une course de longue distance, avant de se retrouver subitement à court de jus. Il n'y a pas un cheval capable de courir à fond tout du long. Pour développer la capacité respiratoire d'un cheval de course, on lui fait faire de longs galops à vitesse réduite. Il faut se débrouiller pour qu'il puisse aller jusqu'au bout.

DIRT, PLAT,
LIGNE DROITE POURRIE

Quand on engageait à Jackson, Dakota du Sud, je faisais partie du voyage. On arrivait la veille au soir, on dormait dans un box, et le lendemain, on faisait courir notre cheval. Dans le pick-up, j'étais coincée entre Bud et Riley Walker. Le vieux Bud fumait ses ignobles cigares qui me donnaient des haut-le-cœur. On attelait le van et à l'arrivée, nos box nous attendaient. Un pour le cheval, un pour Bud, un pour Riley et un pour moi.

J'étais souvent venue à Park Jackson avec mes parents, mais cette fois, je pouvais me balader partout. Je croisais plein de gens du milieu des courses, pas seulement ceux de Denton. Je posais pour les photos dans le cercle des gagnants avec Buckin' Bones.

Park Jackson était un hippodrome connu, le seul pari mutuel de l'État, mais tout en bas de l'échelle en termes de qualité. C'était à peine mieux que de galoper dans les champs. Et paumé, par-dessus le marché. Il s'y passait plein de trucs louches. Malgré tout, de bons chevaux et de bons entraîneurs y ont fait leurs débuts.

Bien sûr, ça n'existe plus. À la place, il y a des courses de motos.

JE NE FAISAIS PRESQUE JAMAIS DE PAUSE

À la fin de l'été, je suis rentrée chez moi. J'ai repris le lycée, mais dès que j'avais du temps libre, je lisais tout ce que je pouvais sur les chevaux de course – l'alimentation, la mise en condition, l'entraînement en fractionné, l'amélioration génétique sélective, la reproduction consanguine, les soins aux sabots, l'anatomie. Je voulais être mieux préparée à mon retour.

L'été suivant, Bud et Lester m'ont confié des responsabilités à Park Jackson – je devais m'occuper des chevaux qui restaient sur l'hippodrome. J'en avais trois, parfois quatre, sous ma garde. J'étais seule toute la semaine. Je faisais tout. Ils me donnaient un programme d'entraînement et j'exécutais les ordres. Le week-end, ils venaient de Denton assister aux courses.

Je m'en tirais bien. Très bien, même. On faisait des gains, c'est-à-dire qu'on se classait premier, deuxième, troisième ou quatrième entre soixante-cinq et soixante-dix pour cent du temps, ce qui est phénoménal.

Je dormais au village des mobil-homes avec d'autres gens des courses. Le mien se trouvait à un peu moins de deux kilomètres de l'hippodrome. Première ration à quatre heures du matin – je n'avais pas de voiture. Je me mettais en route à trois heures et quart à pied en coupant à travers champs.

Je passais ma journée sur l'hippodrome. Je n'en sortais jamais. Contrairement aux autres. Je ne faisais presque jamais de pause, je mangeais sur le pouce à la cantine avant de retrouver mes chevaux. Les gens voyaient à quel point j'étais consciencieuse.

On m'appelait La Fille Coca parce que tout le monde voulait me payer de l'alcool et me saouler, mais que je commandais uniquement des sodas. Je ne prétends pas que je n'ai jamais abusé, mais c'était rare. Quand on accepte un verre, il y en a vingt autres qui surgissent de nulle part et vingt types qui vous disent de les boire.

RIEN DE BIEN AGRÉABLE

Les mobil-homes de l'hippodrome étaient délabrés, très vétustes, rien de bien agréable.

Dans le camping, il y avait une oie. Dès qu'on sortait, elle vous tombait dessus et *clac*, elle vous pinçait le mollet.

Il y avait aussi des chèvres. Un jour que j'étais malade, au fond de mon lit mais la porte ouverte à cause de la chaleur – je n'avais pas de climatisation, uniquement un ventilateur –, j'en ai trouvé une à mon réveil qui me mâchonnait la manche.

Ma chambre donnait sur un pré avec des vaches et la nuit, je les écoutais meugler.

À la moindre averse, il y avait de l'eau partout – putain, un seau, un seau, un seau, une bassine, une bassine, une bassine.

Quand un cheval a failli m'arracher un doigt, mes parents sont venus me voir. À sa première visite, mon père a regardé partout puis il a demandé : Qu'est-ce que ce couteau de boucher fait devant ta fenêtre ?

J'avais des couteaux, c'est tout. Dont un couteau de boucher. À portée de main. On sait jamais.

LA CLEF DU POTEAU DES QUATRE CENTS

Quand on est jeune et qu'on a soif d'apprendre, il arrive qu'on s'entende dire : Tu peux aller demander le brancard de selle à l'écurie 6 ? Alors on va à l'écurie 6 et on dit : Biff Gifford aimerait vous emprunter le brancard de selle, et la personne de l'écurie 6 vous répond : Je l'ai donné à l'écurie 9, va le chercher là-bas. On se rend à l'écurie 9, mais la personne qui s'y trouve vous envoie à la 12 en demandant : Pendant que tu y es, tu peux me rapporter la clef du poteau des quatre cents ? On fait des allers et retours d'écurie en écurie, alors qu'un brancard de selle ou qu'une clef du poteau des quatre cents, ça n'existe pas.

Un type savait que j'avais peur des souris, il en attrapait exprès pour les mettre dans ma réserve de grain. À quatre heures du matin, à moitié endormie, je soulevais le couvercle, je plongeais la main, et six souris me sautaient sur le bras. Je hurlais et lui riait aux éclats.

Les autres changeaient de box l'un de vos chevaux pour vous déstabiliser ou bien ils mettaient votre cheval au marcheur et disaient : Où est passé ton cheval, mais où est ton cheval ? Quand on est une bleue, on se fait charrier, et très vite, on se met à charrier les autres à son tour.

DES LITRES DE SANG

À Park Jackson, c'étaient les chevaux les moins chers, même si beaucoup avaient fait de gros gains dans le passé. Au sommet de leur gloire, ces chevaux avaient couru pour quarante ou cinquante mille dollars, mais ils étaient presque tous tellement cassés qu'on pouvait les acquérir pour mille cinq cents dollars dans une course à réclamer.

En course, la plupart des chevaux saignent des poumons. Ils ne peuvent pas gagner à cause du sang qui s'accumule et les étouffe. Il existait un produit pour faire baisser la pression sanguine, mais on a fini par l'interdire parce que ça masquait l'usage d'autres substances.

Certains anciens de Park Jackson comprimaient la base de la queue avec du fil de fer pour réduire le flux sanguin. D'autres prélevaient du sang à l'encolure avec une grosse seringue, qu'ils déversaient dans un bidon de lait vide. Parfois, un bidon plein à ras bord se renversait, et il y avait du sang partout.

Un entraîneur en particulier s'en donnait à cœur joie. Il piquait si souvent qu'on lui disait pour rire : Joey, comment ça se fait que t'aies le pouce droit deux fois plus gros que le gauche ?

EN PIÈCES DÉTACHÉES

Les chevaux avaient droit à une alimentation de choix, ils adoraient courir, mais certains étaient en pièces détachées. On comparait leurs membres à des roues. Il arrivait qu'on dise : Ce cheval a crevé une roue. Il pouvait avoir une vis pour maintenir les os en place. Ou un genou aussi gros que ma tête. On mettait en garde le jockey : « Regarde pas en bas, mec ! »

Quand un cheval se fait une fracture, en général, on l'euthanasie. Parfois, il se démet un membre. Ça ne signifie pas qu'ils ne peuvent jamais se rétablir d'une fracture ou d'une luxation. On a fait des merveilles sur des chevaux de grande valeur, certains ont même droit à des prothèses. Mais on ne les traite pas toujours avec autant d'humanité. Un hongre ou un même un entier qui ne vaut que mille dollars, on n'engage pas beaucoup de frais pour le sauver.

J'avais sept ans la première fois que j'ai vu un cheval se blesser sur un hippodrome. Je les ai vus le piquer. Puis ils ont accroché sa carcasse à un vieux tracteur et l'ont traînée au bout d'une longue chaîne devant tout le monde pour dégager la piste. C'était en 1969, à Park Jackson.

De nos jours, il y a une ambulance. On place un grand rideau devant la remorque et on charge le cheval – même avec un membre cassé, il peut monter en boîtant. Puis on le conduit à l'écart et on fait ce qu'il y a à faire.

CETTE SALOPERIE DE TROU

Il arrivait que trois ou quatre chevaux chutent dans la même course à Park Jackson à cause de l'état de la piste, mais c'était aussi parce que beaucoup de chevaux étaient trop abîmés pour courir. Il y avait une réserve amérindienne non loin, et si on devait abattre un cheval gris, les Ho-Chunk venaient récupérer sa queue. Ils teignaient les crins et s'en servaient pour leurs costumes.

L'équarrisseur passait un lundi sur deux. Dans l'intervalle, les carcasses s'entassaient dans un fossé derrière la tribune. Chaque jour, quand j'allais de mon mobil-home à l'écurie et retour, je passais devant cette saloperie de trou. Les membres des chevaux étaient comme des bâtons vers le ciel, et puis l'odeur…

Un samedi, alors que j'accompagnais un cheval des Beauregard de l'écurie aux stalles de départ, j'ai jeté un coup d'œil dans le fossé. Un cheval qui avait été euthanasié plus tôt dans la journée à cause d'une mauvaise chute cherchait à se relever. Même si c'était impossible pour lui, parce qu'il avait les deux antérieurs fracturés. Les autres cavaliers se sont retournés pour voir ce que je regardais. Mon Dieu, a dit quelqu'un, il est encore vivant. Le vétérinaire ne l'a pas bien piqué. On a dû le rappeler pour qu'il finisse le boulot.

Les jours de course, des aumôniers venaient bénir les membres des chevaux, mais le plus souvent sans grand effet.

JE LE VOYAIS TOUS LES JOURS

Vers la fin de l'été, je me suis réveillée une nuit dans mon mobil-home, et il y avait un homme au-dessus de moi. Il s'était introduit pendant que je dormais et il pointait une arme sur ma tête. Il m'a violée.

Il prenait des médocs. Un jockey qui essayait de perdre du poids. Il m'a dit qu'il venait d'abattre un chien.

Je ne l'ai pas dénoncé parce que sinon, j'aurais dû partir. Mes parents seraient aussitôt venus me chercher.

Le gars s'est ressaisi, je le connaissais, je le voyais tous les jours, je savais qui c'était – ça n'a pas été facile, mais j'ai survécu. Après ça, je me suis coupé les cheveux très courts.

4

DES ŒUFS EN SAUMURE

Dix-huit ans, fin du lycée, diplôme de fin d'études en poche. À plein temps à l'hippodrome. Au lieu de rester sur le même champ de courses, je suis partie sur le circuit avec ma famille équestre. Il y avait des lads, des jockeys, des entraîneurs, des secrétaires des courses, des commissaires, des accompagnateurs et des marcheurs de chevaux, tout ce petit monde. À la fin d'un meeting, on prenait la route ensemble, pare-chocs contre pare-chocs. On fréquentait les mêmes épiceries, les mêmes laveries.

Après les courses, si on allait dans un bar, on se l'appropriait. Ça faisait fuir les habitués. On restait entre nous. Des fois, une bagarre éclatait, mais en général, on arrivait à se contrôler. On avait même un groupe de musique, les Bug Boys. Le chanteur était jockey, le batteur, entraîneur, le bassiste, lad.

Tous ne buvaient pas – certains venaient juste pour le plaisir de discuter. Assis à des longues tables, on se passait en boucle les rediffusions des courses. Oh, regarde ! Là ! Qu'est-ce que je lui avais dit ? Je lui avais bien dit de ne pas passer par l'extérieur, et qu'est-ce qu'il fait ? T'as vu comment le cheval secoue la tête ?

Un soir, un cavalier d'entraînement a amené son bouledogue. Le chien a sauté sur la banquette et on s'est mis à lui donner des œufs en saumure piochés dans un grand bocal. Le chien en raffolait, tout le monde aimait ce chien, alors on lui offrait des œufs, mais un chien ne peut se bâfrer d'œufs en saumure sans qu'il faille à un moment ou un autre nettoyer derrière lui.

THANKSGIVING

Personne ne voulait de nous comme locataires, parce qu'on ne passait jamais plus de quelques mois au même endroit et que les gens des courses ont tendance à être cinglés, ils sont capables de saccager un appartement. J'habitais dans un mobil-home, une chambre de motel ou un box à l'hippodrome. Parfois, dans mon pick-up. Je n'ai pas eu la télévision pendant des années. Je n'avais jamais la possibilité de la regarder, je n'en avais pas envie de toute façon. Et comme je n'avais pas de chez-moi, je n'ai jamais vraiment fait la cuisine.

Pour le petit déjeuner, tout le monde se retrouvait à la cantine de l'hippodrome, faute de temps pour aller en ville. Chaque cantine avait sa spécialité. L'une proposait des beignets faits maison. Ou servait des œufs brouillés et du bacon. Pour le dîner, on pouvait commander un hamburger au comptoir, ou bien tout autre chose au menu ce jour-là.

Dans le Nebraska, les jours de courses, il y avait des hot-dogs aux pickles. Le week-end, ça sentait le hot-dog aux oignons et au chou. Les saucisses étaient stockées dans des glacières non cadenassées sous la tribune, alors une nuit, des gens des courses ont fait une razzia. Le week-end suivant, il n'y a pas eu de hot-dogs aux pickles, vu que les gens des courses avaient tout piqué. Ils ont fait mariner les saucisses dans de la bière, puis ils les ont fait griller au cours d'une grande fête.

À Park Jackson, quatre jockeys dormaient dans un même mobil-home. Un jour, ils ont tué un cerf en dehors de la saison de chasse et l'ont dépecé dans leur baignoire. Ils ont mis la viande à sécher, puis ils se la sont partagée.

Pendant quelques mois, j'ai loué une chambre au motel El Rancho pour deux cent onze dollars par semaine. À Thanksgiving, le sale type avec qui je vivais à l'époque a fait cuire une dinde au robot cuiseur dans la salle de bains.

Il avait posé l'appareil sur le lavabo à côté de la prise à haute tension. C'est la dinde la plus moelleuse que j'aie jamais mangée.

BIEN ASSEZ

L'hippodrome est une petite ville. Pour entrer, il faut montrer sa licence professionnelle à la barrière. Une ambulance assiste aux entraînements parce qu'il y a toujours des blessés. Les marchands vendent des copeaux, de la paille, de l'avoine, de la pulpe de betterave, du son, du bon foin. Sur les chariots de matériel, il y a des bandes de repos, des selles, des produits de soin, du liniment, des couvertures séchantes, des guêtres refroidissantes, de l'argile, des flanelles, des bandes cohésives. Quand on vit sur un champ de courses, on a une existence bien remplie. Pas le loisir d'aller traîner au centre commercial. On perd tout contact avec le monde extérieur. Et pendant ce temps, tout change. On n'entend jamais parler de rien, sauf s'il se passe quelque chose de gravissime, on évolue dans son propre univers, où il se passe déjà bien assez de trucs comme ça.

TÉLÉPHONER À SES PROPRIÉTAIRES OU CHEZ SOI

À l'époque, il n'y avait pas de portables, on utilisait les cabines téléphoniques. Il fallait toujours avoir un sac de monnaie à portée de main. Je glissais les pièces dans la fente, je composais le numéro et j'attendais. Téléphoner à ses propriétaires ou chez soi, c'était toujours une épreuve – après la course, il fallait appeler le propriétaire si le propriétaire ne s'était pas présenté à l'hippodrome.

Ces saloperies de téléphones publics, de cabines téléphoniques. Tous les entraîneurs essayaient d'appeler leurs propriétaires depuis le même restaurant. C'est enfin votre tour, et c'est comme si vous parliez sans jamais vous arrêter. Vous voulez aller vous coucher parce que vous devez vous lever à quatre heures pour nourrir. Il est huit heures et demie du soir et vous n'arrivez à joindre personne. Personne ne répond, ou la ligne est occupée, et il faut encore aller remettre de l'eau aux chevaux, manger un morceau et faire une lessive.

Quand j'ai commencé à travailler dans les courses, ça m'a pesé : on n'est pas là pour aider sa sœur, ni ses parents, pas là pour les fêtes, les anniversaires, les mariages, les rendez-vous chez le médecin, les enterrements. Je payais Keith Baxter pour qu'il s'occupe de Rowdy. Je le voyais une fois par an, à Noël.

HAMBURGERS

Un soir, un jockey m'a invitée au cinéma, mais je me suis endormie au bout de dix minutes. Les jockeys ont le temps de se reposer. Ils galopent les chevaux et les font travailler à cinq heures du matin, mais après, ils peuvent partir, ils sont libres comme l'air. Nous autres, on passait généralement douze, quatorze, seize heures par jour sur place.

Lors des nocturnes, le dernier coup de bourre a lieu vers sept heures et demie du soir, mais ça ne suffit pas de caser le cheval dans son box et de le nourrir. Il faut le faire récupérer, le doucher, s'occuper de ses membres, les mettre dans de la glace ou dans de l'eau. Le temps qu'on termine, il est entre minuit et minuit et demi.

Un soir, j'étais rentrée, épuisée, sans même avoir dîné et je devais me lever à quatre heures.

Je louais une chambre chez une vieille dame qui connaissait mes employeurs. Je me couche, je m'endors, je me lève, je m'habille et je retourne à l'hippodrome. Il n'y avait que moi et un type qui faisait cuire des hamburgers près de mon écurie. Quelle heure il est ? Je lui ai demandé. Deux heures et demie du mat', il a répondu.

Parfois, mes parents venaient me voir aux courses et ensuite, on allait manger quelque part. Passé huit heures du soir, j'étais incapable de parler. Je m'endormais sur la table.

NOTRE ÉTAT D'ESPRIT

On prend des coups de sabot. J'en ai reçu un à la tête. Le cheval a voulu frapper une mouche, et ma tête se trouvait sur sa trajectoire. Les cavaliers font souvent des chutes. Et ils se retrouvent avec une tige en acier dans la colonne vertébrale. Un jour, on est le roi du pétrole, le lendemain, au bord du gouffre. On se blesse et on doit rester couché sans rentrée d'argent. Puis d'autres semaines, on gagne gros.

C'est un sport, on a l'esprit de compétition. On veut être le meilleur, on veut gagner, on veut lire son nom sur le programme, être au classement. Un entraîneur va chercher à piquer le propriétaire d'un autre. Un jockey va dire à un collègue : Qu'est-ce que tu fous à fouiner dans mon écurie ? Animosité, rancune, frictions

– on ne peut pas aimer tout le monde. Mais si quelqu'un se blesse, doit garder le lit, joue de malchance ou perd un proche, ou même si un camion tombe en panne sur le trajet vers la prochaine course – on va tout faire pour l'aider. On va se cotiser.

Je faisais des crinières, dix crinières, dix nettoyages de fourreau, et l'argent qui aurait dû me revenir allait dans la cagnotte. Quand je me suis blessée, les autres ont pris le relais. Ils ont nourri mes chevaux et les ont conduits à l'entraînement. On se serrait les coudes.

L'aumônier de l'hippodrome venait nous voir. Tout va bien ? Il s'intéressait à nous, à notre état d'esprit, à nos problèmes, aux mauvaises passes comme aux bons moments. Si on avait besoin de parler, il était là. Il disait : Il y a un office à sept heures ce soir sous les tribunes. On était sales, en tenue de travail, mais il insistait : Venez comme vous êtes, nous serons ravis de vous accueillir. Il s'arrangeait pour que l'office commence seulement une fois les corvées terminées. Et que ça ne soit pas un dimanche, parce qu'il y avait des courses le dimanche. Il faisait ça en semaine, un jour bien sinistre si possible.

Avant le début des courses, l'aumônier organisait une prière dans la salle des jockeys. Beaucoup s'y joignaient. La plupart – tous, je crois – se recueillaient ensemble. Peu importaient leurs croyances.

5

J'AI PRIS DU GALON

Je fréquentais des jockeys, je savais comment ils faisaient pour maigrir. Ils s'enduisent de glycérine puis s'enroulent dans du film plastique et restent dans leur voiture, chauffage à fond, par plus de quarante degrés à l'ombre – jusqu'à l'évanouissement. Ils se mettent dans le sauna – qui ressemble à un réfrigérateur avec une ouverture pour la tête. Un jour, il y a eu un court-circuit, et un jockey a pris feu. Il a eu le corps grièvement brûlé.

Les jockeys se font vomir ou ne mangent pas du tout. Ils deviennent si bon à ça qu'ils s'en vantent – *Je suis capable de dégobiller le riz mais de garder les haricots !*

J'ai cessé de m'alimenter pendant plusieurs semaines. Je croyais pouvoir rétrécir. Mais j'étais grande – même si les grands jockeys, ça existe – et musclée à force de travail. Bien sûr, les jockeys sont musclés, mais ils ont une petite carrure. C'était impossible que je tienne le coup sans tomber malade.

Il arrive qu'un jockey n'ait jamais monté son cheval avant la course. Ils ne développent pas de lien. Moi, j'adorais galoper les chevaux de course et les accompagner. Je les travaillais, vitesse de pointe, galop de course. Je les emmenais aux stalles de départ. Je faisais tout ce que fait un jockey, à part courir.

ILS SE FOUTENT LA TROUILLE

En selle, certains cavaliers seraient capables de faire tenir un œuf sur leur dos ou une soucoupe de lait sans en renverser une goutte. Ils sont précis et légers. Un cheval difficile, presque impossible à monter, c'est un cow-boy qu'il lui faut. Certains jockeys très habiles avec leur cravache parviennent à la faire passer d'une main à l'autre en pleine course. Mais beaucoup de chevaux cessent de réagir quand on les frappe à l'excès. Il arrive que des jockeys à la main lourde ramènent le cheval zébré de marques. Si un cheval galope déjà à fond, à quoi ça sert de s'acharner ?

Les jockeys chutent, ils se blessent, parfois gravement. Dans ce cas, il se peut qu'ils se foutent la trouille. Qu'ils aient peur de remonter en selle. Ils ont des flash-backs. Ils doivent se battre contre eux-mêmes, encore et encore. Tout le monde les attend au tournant.

CE JOCKEY STIMULE, CELUI-LÀ AUSSI

Un petit appareil ingénieux en forme de pile plate avec deux broches qui tient dans une poche – le jockey s'en sert pour stimuler son cheval. Il le cache sur le devant de sa culotte ou le fait tenir avec un élastique sous la manche en soie de sa casaque. Les cavaliers sans pitié croient pouvoir exploiter chaque once d'énergie d'un cheval.

Les commissaires de piste vous fouillent s'ils soupçonnent la présence d'une pile à bœuf, et si vous êtes pris, vous êtes suspendu. Aux boîtes de départ, ils font descendre tout le monde, y compris les accompagnateurs. Je n'en aurais jamais transporté une pour un jockey du temps où j'accompagnais, mais certains le faisaient. Ils l'introduisaient en cachette sur la piste et la glissaient à la dernière minute au jockey.

C'est facile de voir si un cheval se prend des décharges. Dans ce cas, il fouaille de la queue. Pendant les rediffusions, quand on voyait la queue d'un cheval s'agiter d'un coup, on disait : Je me demande bien ce qui se passe.

C'est fréquent sur les pistes les moins cotées – en tout cas, ça l'était. Ce jockey stimule, celui-là aussi. On racontait des histoires sur le jockey et sa petite amie, sur comment il lui envoyait des décharges quand ils baisaient.

FAIRE LA TRIBUNE

S'il se passe quelque chose d'étrange, les cavaliers crient : *Je chie du feu, ça va économiser des allumettes !* Ils ont des chansonnettes, des refrains qui sonnent bien. Ils beuglent : *J'arrive par l'intérieur !* ou *: Gaffe, derrière !* Parfois, un cheval jette son jockey et vous fonce dessus à l'entraînement. Là, ils crient : *'Tention ! Cheval en liberté !*

Au petit matin, lorsqu'il fait encore nuit et qu'il n'y a que très peu de lumières allumées, vous dévalez la piste déserte et vous entendez un *tagada, tagada, tagada* : le bruit des sabots derrière vous. C'est magique. Les cavaliers se mettent debout sur leurs étriers, et dans notre pays, ils appellent ça « faire la tribune ». Ils écartent les bras en disant : *Je me prenais pour un coyote, mais je suis guéri maintenant.*

CIRAGE NOIR

Un cheval a pris peur et a franchi la lice avec son jockey sur le dos pour atterrir dans une rangée d'arbres. Le jockey arrive à l'hôpital et le médecin l'interroge : Quand êtes-vous allé à la selle pour la dernière fois ? Juste avant de percuter le premier arbre, répond le jockey.

Après une mauvaise course, un entraîneur demande à son jockey : Qu'est-ce qui s'est passé ? Le jockey répond : Ben, au poteau des mille deux cents mètres, il s'est mis à faire des bruits bizarres. L'entraîneur s'inquiète : Quel genre de bruits ? Il saignait, il avait une respiration sifflante ou quoi ? Le jockey répond : Non, il faisait plutôt *grouin, grouin*. C'est pas un cheval, c'est un cochon.

Aux États-Unis, quand un jockey gagne sa première course, on dit qu'il « dépucèle la vierge ».

Lorsqu'un jockey a « dépucelé la vierge », tous les autres le foutent à poil et lui passent les couilles au cirage noir – le saviez-vous ?

6

TOUT FAIRE PAR MOI-MÊME

On a commencé à remarquer mes résultats chez les Beauregard et à me confier des chevaux à l'entraînement. Je ne voulais pas d'une grande écurie parce que je n'avais pas envie d'engager des lads et des cavaliers, je voulais tout faire par moi-même. Je prenais deux ou trois chevaux que je soignais et que j'entraînais seule. Pour gagner un peu plus d'argent, je faisais les crinières et je nettoyais les fourreaux. J'accompagnais des chevaux jusqu'aux boîtes de départ pour vingt-cinq dollars. Je les galopais pour huit dollars pièce.

C'est l'entraîneur qui élabore le planning d'entraînement, mais c'est le lad qui nettoie le box, récure la mangeoire, s'occupe des soins aux membres, panse, fait en sorte que le cheval se sente bien. Un lad connaît son cheval mieux que quiconque, mais le seul qui soit passé à la postérité, c'est Will Harbut, le lad de Man o'War. Ils ont vécu ensemble, pris leur retraite ensemble et sont morts à quelques semaines d'intervalle. Ils sont enterrés côte à côte. Une véritable histoire d'amour.

Il peut y avoir dix lads dans une écurie, votre cheval hennit pour vous et pour personne d'autre. Vous lui parlez, il vous écoute. Il vous répond. C'est vous qui vous occupez de lui. Lui aussi, il veut que vous vous sentiez bien.

NETTOYÉS, LAVÉS, CHOYÉS

Première ration à quatre heures, sept jours sur sept. Ensuite, on les prépare et on les conduit à l'entraînement. En voyant leur selle, les chevaux cambrent l'encolure et balancent la tête de haut en bas. Les box doivent être faits en leur absence. On nettoie les abreuvoirs, on frotte les mangeoires. On ne met jamais de grain dans une mangeoire sale. On l'astique d'abord.

S'il fait bon, on douche le cheval au tuyau d'arrosage, mais en général, il faut faire chauffer de l'eau pour le laver avec une éponge naturelle et du shampoing après le travail. Si c'est un mâle, on lui nettoie le fourreau avec du savon de Castille. Les juments, on leur nettoie les mamelles. On peut placer une couverture anti-mouches qui ressemble à de la résille mais normalement, les ventilateurs centrifuges suffisent à chasser les insectes.

On a toujours des bandes de repos propres et roulées prêtes à l'emploi. On a des flanelles et de la pâte de remplissage pour les sabots. On fait les soins aux membres, on applique du liniment, puis on pose les bandes. On peut aussi mettre les membres dans de la glace ou dans des bottes de balnéothérapie avec du sel d'Epsom. Les chevaux adorent avoir des remous d'eau chaude jusqu'aux genoux. S'ils ont les épaules contractées, on leur passe de la pommade, puis on les enveloppe dans du film plastique et on leur met une couverture en laine sur l'encolure. Très vite, la sueur commence à couler. Ça les détend, ça les soulage.

Les jours de course, on saupoudre un coton de poudre verte – on dirait de la drogue – et on l'enflamme sous les naseaux du cheval. Entre autres choses, la poudre contient de la belladone. On pose un seau par terre et on emmitoufle le cheval sous une couverture imperméable pour qu'il soit vraiment immergé dans la fumée. Toutes les saletés – morve, flegme, mucus – coulent des naseaux dans le seau.

Un jour, les enfants d'un entraîneur qui s'amusaient dans les écuries ont eu la bonne idée de fumer cette poudre. Après, ils sautaient partout comme des écureuils.

ON EXAMINE LE FOIN, ON LE RETOURNE

Les bottes de foin de fléole à trois ficelles pèsent quarante-cinq kilos chacune. L'avoine est livrée par sacs de quarante-trois kilos. Personne ne va se précipiter pour dire : *Mademoiselle, laissez-moi le porter !* Il faut se débrouiller. Soulever ça toute seule.

Sans moisissure ni poussière. Un marchand qui propose du foin douteux avec des chardons ne franchira pas la barrière de l'hippodrome, mais on n'est jamais à l'abri d'une fuite dans la toiture, alors on examine le foin, on le retourne. Un cheval emphysémateux, on lui mouille son foin, même s'il n'a pas l'air poussiéreux.

Certains chevaux aiment le mash humide, dans ce cas on ajoute de la pulpe de betterave et de l'eau bouillante à leur ration. On observe les crottins, et on ajuste. Là, c'est un peu mou.

Là, ils sont durs comme des cailloux, le cheval a besoin de davantage de son. Un cheval qui saigne facilement aura droit à un supplément de luzerne pour la vitamine K et la C, qui facilitent la coagulation.

Les vétérinaires et les maréchaux-ferrants font des tournées. *Tout va bien ici ? Besoin de rien ?* Tu pourrais peut-être donner un petit cocktail à ce cheval. Le vétérinaire propose du cuivre, du fer, de l'arsenic, de la strychnine, de la B12. Un cheval nerveux, on lui administre de la thiamine et de la B1, ça le calme. D'autres ont besoin d'électrolytes pour récupérer après une course.

Si un cheval s'ennuie ou qu'il souffre, il va gratter dans son box et finir par faire un trou. On remplit le trou d'eau parce qu'il n'aimera pas les éclaboussures, ou de terre, qu'on égalise, et qu'on saupoudre de piment rouge.

Les chevaux anxieux qui ont du mal à maintenir leur poids, on peut essayer de mettre un peu d'eau dans un bidon en plastique et de le suspendre en guise de jouet. Ils passeront la journée à faire mumuse avec le bidon devant leur tenture de box.

En dernier recours, on leur procure une chèvre ou un petit poney, une mascotte pour les apaiser. Elle vit dans le box du cheval, et ça le calme.

QUATRE CENT CINQUANTE KILOS DE PRESSION

Au galop, un cheval est presque tout le temps en suspension – il vole, littéralement – ou sur un seul membre. Lorsqu'il pose un pied, c'est quatre cent cinquante kilos de pression qui s'exercent sur un seul membre très fin, un sabot de la taille d'un cendrier tenant dans une main.

Si un sabot se fend, pour le faire repousser, on met de la Reducine sur une brosse à dents et on frotte la couronne encore et encore. Ça stimule la circulation sanguine, et très vite, cette partie va grossir. Pour garder la sole souple pendant la croissance, on prépare dans un seau un mélange d'argile avec de l'eau, du sel et du vinaigre, de façon à constituer une sorte de gâteau de boue, puis on découpe des ronds dans des sacs de grain en papier épais, on les enduit de boue et on tasse le papier dans le sabot.

Avant la première ferrure, on fait une radio de chaque pied pour localiser l'os du cercueil. Certains chevaux ont le talon fuyant, alors on leur met des talonnettes, des clous en saillie, des crampons ou des fers à crampons fixes. S'ils ont une foulée longue, ils risquent de forger, de se toucher le quartier et de s'arracher un bout de couronne. Et là, le sang gicle.

Avant une course, un bon entraîneur arpente la piste pour s'assurer de sa qualité. Elle peut être en synthétique, elle peut être en gazon. Certains dirts sont plus sablonneux, d'autres plus argileux. Les employés de l'hippodrome passent la barre après chaque course – on les voit draguer le sol. Il ne doit pas y avoir de cailloux. La surface doit être lisse.

ON A FAIM !

Quand vous déménagez sur le circuit, vous mettez tous les chevaux dans un gros camion et puis, à l'arrivée, vous devez préparer leurs box et tout de suite vous occuper d'eux. Les chevaux sentent si l'eau n'a pas le même goût d'un hippodrome à l'autre, mais si vous ajoutez une larme de Coca-Cola pour l'adoucir, ils seront davantage enclins à boire. Ensuite, bien sûr, il faut les sevrer du Coca, parce que s'ils sont testés positifs à la caféine, vous êtes disqualifié.

Ils ont tendance à se détourner facilement de leur ration, aussi. Ils vont se sentir fatigués, un peu malades. Devant une mangeoire pleine, ils vont se dire : *C'est trop. Je n'ai même pas la force de regarder.* Et ils font leur crottin dedans pour vous envoyer un message.

Il y a plusieurs techniques. Par exemple, les tenter avec des petites poignées. Ou encore, les nourrir en dernier. Vous arrivez à quatre heures du matin à peine réveillée, mais eux, ils sont déjà en train de taper, bon sang, de hennir : *Bonjour, hé, on a faim !* S'il y en a un qui refuse de manger, vous lui laissez le temps de réfléchir. Vous le faites saliver en vous occupant des autres d'abord.

C'est comme quand vous devez faire une prise de sang, que vous êtes à jeun, un peu nerveuse, et que vous voyez des gens engloutir des petits pains à la cannelle en buvant du café : tout à coup, ça vous fait terriblement envie. Si vous avez mal au ventre et que quelqu'un vous apporte un grand plateau de nourriture, vous protestez : *Ôte-moi ça de la vue !* Mais si on vous propose la moitié d'un toast ou un petit bol de soupe, vous vous dites : *Ça, c'est à ma portée.* Et bientôt, vous êtes à nouveau dans votre assiette.

DU LAIT À MÊME LE PIS DE LA CHÈVRE

À Deerheart, Nebraska, tout le monde se déplaçait en voiturette de golf entre les écuries et le bureau des courses, la cantine et le reste. Bobbie Mackintosh devait traire Winnie, la chèvre mascotte d'un cheval qui s'appelait Springtime Notion. Quand elle n'était pas dans son box avec Springtime, Winnie sautait sur la voiturette de golf de Bobbie, et hop, elles partaient toutes les deux.

À cette époque, j'avais très mal à l'estomac, et un jour, Bobbie m'a entendue me plaindre. Sonia, bois un peu de lait de chèvre, m'a-t-elle dit. Elle venait de le tirer, il était cru, ni pasteurisé ni rien, mais mon estomac a été aussitôt guéri, et moi soulagée.

Quand vous êtes malade, vous attendez la tournée des vétérinaires. Les jockeys se faisaient injecter de la B12 avant la course – trois, quatre doses de B12 par jour. Vous disiez : Je suis épuisé, et le vétérinaire vous filait de la B12. Si vous aviez une dent infectée, vous vous l'arrachiez toute seule.

Un jour, j'étais en passe de remporter ma cinquième course d'affilée avec Miss Sotmoore, l'une de mes meilleures juments, mais j'avais de la fièvre et je pouvais à peine bouger.

Un autre entraîneur m'a dit : Si tu viens chez moi, maman te fera une piqûre de… Je ne sais pas ce que c'était. Peut-être des antibiotiques pour bovins. Il se trouve que ce type habitait à une vingtaine de kilomètres de l'hippodrome, alors je suis allée chez lui, je me suis appuyée contre l'évier dans la cuisine et sa mère m'a piquée. En trois heures, j'étais comme neuve. J'ai pu voir ma jument courir, et on a remporté notre cinquième victoire d'affilée.

7

JE SAIS CE QUE JE SAIS

Pourquoi est-ce que ce cheval recule ? Pourquoi cette jument ne galope plus comme avant ? Qu'est-ce qui lui a pris, là ? L'entraîneur se repasse sans cesse le film de la course. L'entraîneur doit trouver le problème. Il y en a toujours un pour vous laisser perplexe. À l'instant où vous croyez presque tout savoir d'un cheval, il vous montre à quel point vous êtes stupide.

Vous étudiez les images pour en apprendre plus au sujet des autres chevaux, aussi. Certains aiment galoper le nez au vent, et ils gardent assez de puissance pour aller jusqu'au bout. D'autres aiment rester dans le peloton et finir fort en remontant les autres. Certains arrivent par l'intérieur. Certains n'aiment pas courir près de la corde.

Les meilleurs entraîneurs tirent parti des préférences du cheval. On a envie de le voir bondir sur la piste en fouettant de la queue. On a envie de voir un cheval heureux qui sort la tête de son box, qui bavarde, qui hennit sereinement, qui finit sa ration.

On surveille ses oreilles. Droites, il est heureux ? Couchées, il est furieux ? On observe ses yeux. Un chien est capable de vous faire un regard suppliant pour un biscuit. On observe les yeux du cheval : est-ce qu'il a le regard vif, alerte ? Ou est-ce qu'il a l'œil terne ?

Quand on voit un cheval au fond de son box, ça n'est pas bon signe. Il file un mauvais coton.

ILS SE FONT SECOUER

Parfois, un propriétaire veut absolument voir son cheval courir, et tant pis si aucune course ne lui convient. Il est en ville pour le week-end, il veut frimer devant ses copains. Il pousse l'entraîneur à inscrire un animal à deux mille dollars dans une course de chevaux qui en valent quatre fois plus. Le cheval est surclassé. Il va se faire secouer.

Quand un cheval concourt dans une catégorie qui n'est pas la sienne, il termine bon dernier. Si on fait ça trop souvent, il commence à croire qu'il est nul. Et il déprime. Il souffre, il se blesse parce qu'il doit courir très fort pour suivre des chevaux meilleurs que lui. Bientôt, il s'aigrit et cesse de manger.

Pour redonner confiance au cheval, on lui met plein de tapes sur l'encolure – *Bon gars !*

Et on le comble de caresses et de câlins. Ça le rebooste peu à peu.

Pour l'entraînement matinal, on choisit trois compagnons, et on galope au botte à botte. Au signal, les autres cavaliers vous laissent filer. C'est un peu comme une course truquée. Le cheval aigri retrouve le goût de la victoire. On le fait autant de fois que nécessaire et au bout d'un moment, il sent à nouveau son cœur battre.

JE PENSE QUE VOUS LE REGRETTEREZ

Director Dean – de chez l'éleveur Charlie Stut, alias le Dr Stut –, était un très bon cheval, un cheval de première classe d'une valeur de cinquante, soixante mille dollars.

Director Dean appartenait à Hank Killdeer de Killdeer Ford, à Chance Rapids. Hank Killdeer n'arrêtait pas de me dire qu'il voulait vendre Director Dean. Je répondais : Ne le vendez pas, il est bon.

Hank Killdeer répète : On m'en offre un bon prix.

Bien sûr, je dis. Ils l'ont vu à l'entraînement. Ils l'ont vu se battre comme un lion. C'est un super cheval.

Hank insiste : Tu es sûre qu'il est si bon que ça ?

Je maintiens : Il est très bon.

Hank dit : Tant mieux. Car on m'en offre une belle somme.

Alors je tente le coup : Vous êtes libre, mais venez demain matin, je le ferai monter par Billy Fargo. Observez-le bien. Je pense que vous le regretterez, si vous le vendez.

Hank Killdeer m'a écoutée. Dans sa première course, Director Dean est arrivé troisième. On leur laisse toujours une course pour se mettre en jambes, mais il a quand même fini troisième. Après ça, il a gagné cent trente mille dollars dans l'année de ses deux ans. Il a tout raflé.

Hank Killdeer dit : Je suis tellement content. Il dit : J'étais prêt à le vendre pour cinq mille dollars.

Par la suite, Hank Killdeer de Killdeer Ford a cédé à mon père un camion tout neuf pour cinq mille dollars.

ERREUR, ERREUR

À force de passer des heures et des heures avec un cheval, on en tombe amoureux. Ils galopent de tout leur cœur pour vous. On sait quand ils ont mal.

Janet M courait comme une déesse, mais elle avait de plus en plus de douleurs. J'ai donné un conseil au propriétaire : Il faudrait l'infiltrer et la mettre au repos pour ensuite la faire reprendre au printemps.

Mais le propriétaire a dit : Non, elle a envie de courir, elle est meilleure que jamais.

Vous ne la voyez pas le matin quand elle n'arrive même pas à se mettre debout, ai-je rétorqué. Et j'ai refusé. J'ai déclaré que je ne l'entraînerai plus.

Le propriétaire, Tricky Ricky, on l'appelait, a trouvé un autre entraîneur. Quand il l'a inscrite à la course suivante, j'étais là, j'ai regardé Janet M courir. Erreur, erreur. Elle s'est fracturé un membre.

Après ça, je suis allée voir Tricky Ricky et je lui ai dit :

Et vous vous prétendez homme de cheval ?

ON NE PEUT EN VOULOIR À PERSONNE

Bob Bozeman était un ancien jockey devenu propriétaire. Il devait peser cinquante-cinq kilos tout mouillé. Il avait épousé Charlene, une grande blonde avec les cheveux bizarrement vaporeux d'une star de cinéma. Ils avaient deux grandes filles et une petite dernière, Bebe, un accident : Charlene était tombée enceinte à quarante-quatre ans. La gamine, une morveuse, était pourrie gâtée. Parfois, elle venait malgré tout me donner un coup de main avec les chevaux.

Bob était un gros parieur aux reins peu solides. J'étais contente d'entraîner son écurie composée de bons chevaux, mais il ne me facilitait pas la tâche. Quand il avait bu, il était capable de s'en prendre à plus costaud que lui. Un soir, on fêtait à plusieurs une victoire chez Hungry. Chez Hungry, on faisait cuire ses steaks soi-même, de bonnes et belles tranches de faux-filet avec du pain aillé. Bob avait forcé sur l'alcool, et il a annoncé : Je vais mettre ma bite dans cette bouteille de bière. Il était à l'œuvre quand Charlene s'est levée en disant : Bobby, range ton bidule. La serveuse est arrivée et on s'est tous fait virer du restaurant.

Le propriétaire du cheval devait être présent pour le tirage au sort des numéros de départ, mais comme Bob habitait dans l'Oklahoma, il a dit : On va régler ça en mettant le cheval à ton nom. En deux temps trois mouvements, j'étais propriétaire. Sur le papier, en tout cas. Mais après, quand on gagne une belle course, devinez qui paie les taxes ?

Bob venait voir les courses du mercredi et du samedi. Il louait une chambre de motel à la semaine, qui restait vide quand il était en Oklahoma. Un jour, alors que ça faisait un petit moment que je dormais dans mon pick-up, il m'a fait une proposition : Tu pourrais prendre ma chambre au motel, elle est payée, de toute façon. Et il m'a donné la clef. Mais un soir, il est revenu plus tôt que prévu et il s'est glissé dans la chambre en pleine nuit. Il espérait obtenir quelque chose de moi.

C'était un escroc, un roublard – un salopard imprévisible. À cause de toutes ses combines, je passais pour une idiote. Il fallait être sur ses gardes. Il fallait savoir quoi faire. Quand il tombait sur quelqu'un de plus rusé que lui, il le respectait. On ne peut en vouloir à personne de tenter le coup, il disait.

CE CHEVAL, CETTE COURSE

Il s'appelait Dark Side. Il était dans le camion en partance pour l'abattoir. Quand il était tout jeune, une poulinière lui avait décoché un coup de sabot qui l'avait laissé borgne. À la place de l'œil, il avait une grosse cavité couverte de poils et quelques petits cils.

À l'époque, ce n'était pas mon cheval, mais ça faisait un moment que je l'observais. Puis un jour, quelqu'un a dit : Ce cheval que tu aimes tant part pour l'abattoir.

J'ai dit à Bob Bozeman : Il faut récupérer ce cheval. On peut l'avoir pour le prix de la boucherie, huit cents dollars. À ce moment-là, le prix de la viande était élevé. Bob a dit : Si tu penses pouvoir en tirer quelque chose, nous faire gagner de l'argent, je te suis.

L'équarrisseur avait déjà monté six chevaux dans le camion. Dark Side était tout au fond. Il a dit : Je veux cent dollars de plus parce que je dois décharger tous les autres pour le faire descendre. Bob m'a filé cent dollars de plus, que j'ai donnés à l'équarisseur.

Dark Side avait été interdit de courses après avoir pété un câble dans les boîtes de départ. On peut désensibiliser un cheval apeuré, mais c'est beaucoup de boulot. Il faut être approuvé par le starter et avoir huit départs nickel.

Les chevaux s'agitent et tapent dans les stalles avant le départ, alors il y a des tireurs. Dark Side se trouve dans une stalle au centre, un pousseur sur chaque flanc. Du côté où il est aveugle, il perçoit des bruits de sabot et des hennissements, des corps lourds qui heurtent les parois en métal, mais il ne peut pas tourner la tête, car les pousseurs ne le laissent pas faire. Il panique et il perd le contrôle.

L'entraînement a lieu entre cinq et onze heures du matin. À ce moment-là, il y a des chevaux partout. Je l'emmenais en licol de présentation jusqu'aux boîtes de départ pour qu'il s'habitue. Je le caressais et je lui parlais. Je discutais avec le personnel du départ. Je faisais exprès de parler longtemps avec les starters et les tireurs. Je leur disais : Ne le coincez pas comme ça. Laissez-le tourner un peu la tête pour qu'il puisse voir.

D'autres entraîneurs me disaient : Laisse tomber, cet enfoiré n'a qu'un œil. Tu perds ton temps. Ils jouaient aux gros durs. Ils m'aimaient bien, mais je restais une fille. Je devais toujours faire deux fois mieux que les autres.

J'ai trouvé un cavalier d'entraînement, un bon petit jockey du nom de Valdez, qui a pris son temps avec lui. On a obtenu quelques bons départs. Finalement, le starter dit : D'accord, vous pouvez le faire courir, mais à la moindre connerie, il est exclu pour de bon.

J'en ai parlé à Bob, mon propriétaire. J'ai dit : Faisons-le courir la semaine prochaine. Il y a une course parfaite pour nous. Alors on l'a inscrit et on s'est vu attribuer la stalle 7. Un coup de chance, parce qu'il n'y avait que neufs partants, donc Dark Side n'aurait que deux chevaux dans son angle aveugle.

Il était coté à vingt-cinq contre un. Ce qui fait cinquante-deux dollars pour une mise de deux. Bob a demandé : Je peux parier sur lui ? J'ai répondu : Oui, il est prêt.

Le cheval avait l'air de savoir ce qu'il me devait. Tout le monde l'avait laissé tomber. J'avais entraîné des chevaux de prix et d'autres moins onéreux, mais là, ça a été l'un de mes meilleurs moments – ce cheval, cette course. Ça a beaucoup fait parler de moi. J'ai enfin été reconnue comme entraîneuse.

Bob était enchanté. Il a gagné pas mal d'argent sur ce coup-là. Il a touché le couplé et le tiercé gagnants. Ensuite, on a remporté quatre ou cinq autres courses, puis Dark Side s'est mis à boîter – le suspenseur – et Bob l'a inscrit à la vente d'automne. Je n'y pouvais rien, ce n'était pas mon cheval. Bob vendait toujours ses chevaux à l'automne, puis il repartait de zéro au printemps.

Dark Side est allé chez un autre entraîneur, mais il n'a plus jamais gagné en course. Je ne sais pas s'il s'est remis à paniquer dans les boîtes, mais chaque fois qu'il me voyait à l'hippodrome, il tournait la tête en hennissant.

8

TURFISTES

On côtoie des gens très importants, mais certains sont aussi dégueulasses qu'une vieille paire de chaussures.

BEAUX COSTUMES, BELLES CHAUSSURES

Les parents de Tim Tucker avaient de l'argent, alors ils lui avaient acheté des chevaux de prix. Il portait de beaux costumes, de belles chaussures et des lunettes de soleil aux verres très sombres. Au bout de quelques mois, il croyait tout savoir. Il s'en sortait bien, il avait remporté plusieurs victoires, mais surtout parce que ses chevaux coûtaient très chers. Tout ce qu'il avait à faire, c'était de les acheter.

Un jour où son cheval avait battu le mien, j'ai dit : Félicitations Tim, ton cheval a fait une bonne course, et il a répondu : Suce ma bite, Sonia.

Le lendemain, mon patron me demande : Sonia, tu sais où est l'Équipalazone ? Charblatt venait de lui en envoyer un flacon. J'ai dit : Peut-être que Tim l'a emprunté. Je ne pensais pas à mal, c'était comme ça que ça se passait.

On s'empruntait des trucs, on se les prêtait, on s'entraidait. Mais quand mon patron lui a posé la question, Tucker a répondu : C'est pas moi qui l'ai pris, ce doit être cette conne qui bosse pour toi.

Je suis allée trouver Tucker et on s'est battus. Il m'a remonté la chemise très haut et on s'est roulés par terre. Mon patron a dû m'extraire de la bagarre. Tucker pleurait et le lendemain, il avait un œil au beurre noir. Tout le monde était ravi. Ça faisait jaser.

Un combat à mains nues sur l'hippodrome, ça vaut normalement une éviction de plusieurs mois, mais cette fois, les commissaires de course m'ont dit : Sonia, qu'est-ce qu'on peut t'offrir pour le petit déjeuner ?

Après ça, Tucker a changé. Et quelques années plus tard, quand j'ai été si grièvement blessée que j'ai failli mourir, il m'a accueillie dans son mobil-home au champ de courses, où il vivait avec sa femme. À ma sortie d'hôpital, je ne pouvais même pas m'asseoir seule, et Tucker et sa femme, ils ont vraiment pris soin de moi.

LA FOSSE COMMUNE

Un cavalier d'entraînement aux cheveux longs s'est fait arrêter en plein braquage d'un Dairy Queen. Pendant son interpellation, il a sorti un canif pour se taillader avec. Il a été conduit en prison et s'est pendu dans sa cellule la même nuit.

La police a retrouvé sa licence professionnelle, mais elle était sous un faux nom. Les flics sont venus enquêter sur l'identité de ce jeune gars suicidé en prison, et on n'avait rien à leur dire.

Quelques semaines plus tard, en apprenant qu'il allait être mis à la fosse commune, je suis allée assister à la cérémonie avec une amie. Je ne sais pas ce qui nous a pris. On le connaissait à peine. Mais on voulait lui rendre un dernier hommage. Il n'avait pas de pierre tombale, juste un petit écriteau en plastique avec son faux nom, alors on a demandé l'autorisation de lui en fabriquer une. Au champ de courses, on a assemblé des planches, on les a recouvertes de ciment et on a placé un fer à cheval dans chaque coin.

Ça restait la fosse commune. Mais la pierre tombale était vraiment jolie. Une fois sèche, on l'a déposée sur sa sépulture avec quelques petites fleurs cueillies à l'hippodrome.

Par la suite, on a lu un article sur lui. La police avait fini par découvrir sa véritable identité. Il y avait un mandat d'arrêt contre lui. Sa famille a décidé de laisser le corps là où il se trouvait.

LA VIEILLE DAME

Hoser était un sacré dragueur, et quand il était saoul, il devenait lourd. On ne savait jamais qui il allait chercher à emballer. Un jour, il a tenté le coup avec une fille du nom de Lily, qui n'a rien voulu savoir. La grand-mère de Lily possédait quelques chevaux de course, et le week-end, sa petite-fille venait lui donner un coup de main. La grand-mère vivait dans un mobil-home comme nous autres, mais quand Lily arrivait, la vieille dame retournait chez elle pour lui laisser la place.

Une nuit où Hoser avait picolé, il s'est introduit dans le mobil-home de Lily. Il s'est déshabillé et s'est glissé sous les draps près d'elle. Mais dans le lit, ce n'était pas Lily, c'était la vieille dame. Une vieille dame coriace avec des jambes arquées et une grosse voix qui s'est redressée et a hurlé : Mais qu'est-ce que c'est que ce cirque ?

Hoser a poussé un cri avant de prendre ses jambes à son cou. En réveillant tout le monde. On l'a regardé courir tout nu dehors à la recherche de ses vêtements. Il les avait laissés dans le mobil-home de la vieille dame.

JAKE THE PRINCE

Jimmie était vraiment très maigre. Il boitait et il avait les dents gâtées. C'était un gars docile et ordinaire, très timide – un acteur vraiment nerveux –, qui bégayait légèrement. Chaque fois qu'il pleuvait, il sortait danser sous la pluie. Il avait un vieux pick-up rouge, un Dodge Ram, dont il astiquait sans cesse le bélier chromé sur la calandre avec un pan de son T-shirt jusqu'à ce qu'un jour, on le lui vole en ville.

Jimmie était le lad d'un cheval appelé Jake the Prince – un magnifique pur-sang gris, un gagnant de courses de groupe, un animal incroyable. Jimmie dormait dans la sellerie et trimballait sa cantine d'un hippodrome à l'autre avec Jake the Prince. Dès qu'il pouvait, il l'emmenait brouter. Il s'allongeait à côté de Jake et il lui parlait, il le caressait, il lui offrait des pommes. Jimmie et Jake ne faisaient qu'un. Le cheval hennissait en voyant Jimmie arriver.

Jimmie disait : Sonia, tu veux une barre au chocolat ? Sonia, tu veux du café ? Oh, bien sûr, Jimmie, avec plaisir. Parfois, à Omaha, Nebraska, on allait manger des tacos ensemble chez Ron Hegel. Tout le monde le trouvait bizarre – Jimmie le demeuré ! Mais il est resté chez le même patron pendant des années car c'était un excellent employé.

Un jour, Jake the Prince s'est fait une fracture pendant une course et on a dû le piquer. Suite à ça, Jimmie a disparu un moment. On se faisait du souci pour lui. Il n'était pas alcoolique, loin de là, mais après la perte de Jake, il avait pris une cuite et on ne l'a plus revu pendant un mois.

Il a fini par réapparaître, et un après-midi, on est allés déjeuner chez Ron Hegel. Une fois notre commande passée, Jimmie s'est mis à parler. Il m'a expliqué qu'il avait été prisonnier au Viêtnam. Il racontait ça comme s'il revivait le truc. Et c'était horrible.

Quand on est rentrés à l'hippodrome, il m'a montré un bout de papier plié qu'il conservait dans sa cantine. C'était un article sur sa libération et celle d'autres prisonniers de guerre. Il y avait le nom de chaque soldat, avec la durée de sa détention. C'est Jimmie qui était resté le plus longtemps.

Une fois qu'il a été libre, l'armée lui a donné les lettres qu'il avait reçues au fil des ans. Il a découvert que son frère s'était suicidé et que sa mère était morte, elle aussi. De retour chez lui, il n'avait plus personne.

J'ai dit : Jimmie, on va t'obtenir une allocation, tu as droit à quelque chose, tu le mérites. Mais il ne voulait pas que les autres sachent. Il avait honte, ou je ne sais quoi, et il a refusé. Il ne voulait rien avoir à faire avec le gouvernement – ni argent, ni aide, ni rien.

VIENS, CHARLIE !

Johnny Block avait un renard domestiqué appelé Roxy, un blaireau appelé Red, un faisan appelé Ted, quelques furets, plusieurs serpents, un mainate et un corbeau appelé Charlie. Les corbeaux sont capables de parler, et Charlie avait de l'éloquence.

Viens, Charlie ! disait Johnny, et Charlie battait des ailes puis allait se percher sur son épaule. Charlie avait les plumes coupées – c'était censé l'empêcher de s'aventurer trop loin. À la pause déjeuner, il se posait près de moi, et je partageais mon sandwich avec lui. Je lançais le jambon en l'air pour qu'il le rattrape.

Quand j'étais occupée à l'écurie, Charlie sautillait de poutre en poutre en piaillant : Bonjour, bonjour ! À l'époque, j'entraînais un beau et grand cheval appelé Three Tabs qui mesurait plus de un mètre soixante-deux au garrot. Charlie aimait plonger en piqué et attaquer les immenses oreilles du cheval à coups de bec.

Les plumes de Charlie ont repoussé et un jour, il s'est envolé. Johnny l'appelait de plus belle : Charlie, Charlie ! Rien. Pas de Charlie. Le deuxième jour, on a commencé à s'inquiéter.

Derrière les écuries, près de la rangée des box, il y avait un grand arbre. Cet après-midi-là, il était rempli de corbeaux. Johnny s'est précipité : Charlie, Charlie ! a-t-il crié. Tous les oiseaux sont partis, sauf un. Bonjour ! Bonjour ! a fait l'oiseau. Allez, viens, Charlie ! a dit Johnny. Après ça, il a dû lui recouper les ailes.

UNE SACRÉE TASSE

Il s'appelait Mick mais on le surnommait Humpty Dumpty. Il venait de Louisiane. Quand il rentrait après Noël, il me rapportait un paquet de chicorée de chez lui. Il avait une grosse tête chauve, un torse large et des petites jambes courtes. Il était drôle et joyeux. Il posait les mains sur ses hanches, sortait le ventre et racontait des blagues pour nous faire rire. On aurait dit un clown, pourtant c'était un grand cavalier.

Un soir de janvier dans le Michigan, on était dans un bar. Le dîner terminé, Mick a dit : Je vais faire chauffer ma vieille guimbarde, et il est sorti dégivrer son pick-up. Il a laissé le moteur tourner pendant qu'il rentrait payer. Quand il est ressorti, la voiture avait disparu. La police l'a retrouvée dans la rivière le lendemain. Mick a dit : Elle a bu une sacrée tasse !

Quelques semaines plus tard, après avoir vérifié que les chevaux avaient de l'eau pour la nuit, je regagnais en voiture ma chambre en ville. Il faisait si froid dans le Michigan que les abreuvoirs gelaient, alors il fallait casser la glace au marteau quatre à cinq fois par jour. L'arrière de mon pick-up se fermait et quand il faisait beau, c'est là que je dormais. Au bout d'un kilomètre sur la route, j'ai entendu quelqu'un frapper à l'arrière. J'ai failli avoir un accident. J'ai cru qu'un homme voulait me tuer, mais c'était Mick qui me faisait une blague.

OÙ EST THORBY ?

Beaucoup de mes amis sont morts dans des accidents. Beaucoup ont une tige en acier dans la colonne vertébrale. Un gars a perdu une jambe. C'était un jockey, mais il continuait à galoper les chevaux et à les accompagner aux stalles. Parfois, sa jambe de bois tombait quand il était en selle, et quelqu'un devait aller la lui ramasser.

Il y avait beaucoup de souffrance et de substances, aussi. On découvre que certains sont alcooliques. Ils se pointent ivres morts pour marcher les chevaux après la course. Quand ils disent qu'ils ont faim, il ne faut pas leur donner d'argent mais les emmener manger un morceau.

Le liniment que j'utilisais pour mes chevaux contenait de l'alcool. Un jour, alors que j'arrivais à quatre heures du matin, j'ai dit : Où est Thorby ?

J'ai fini par le trouver évanoui dans un box vide. Je l'ai cru mort. Il s'était introduit dans ma sellerie et il avait bu tout le liniment.

Les chevaux rétifs, on les confiait à Thorby, il sautait dessus en hurlant et en beuglant. C'était comme s'il était collé au cheval. Il ne tombait jamais. Les chevaux le sentaient. Thorby était gentil, mais quand il se saoulait, il se serait battu contre un distributeur de cigarettes ou un juke-box.

UN MIRACLE VIVANT

Mon amie Bobbie Mackintosh entraînait un trois ans qui a subitement pris peur. Son pied est resté coincé dans l'étrier, et le cheval l'a traînée. Elle s'est fait le coup du lapin. Elle s'était mariée une semaine plus tôt.

On l'a évacuée à l'hôpital en hélicoptère. Elle est restée quatre mois dans le coma. Elle avait une lésion cérébrale. À son réveil, elle était totalement paralysée, à part les bras. Elle a dû réapprendre à parler. Le mari s'était tiré, naturellement. Il n'avait pas perdu de temps.

L'accident avait eu lieu en janvier. Fin novembre, elle s'est présentée à l'hippodrome en fauteuil roulant. On lui a proposé de tenir le guichet du pari mutuel. Elle parlait très lentement, mais elle ne m'avait pas oubliée. Souvent, à l'époque où on habitait au motel

El Rancho – son petit ami et elle ; moi et l'idiot avec qui je sortais –, on faisait du stop pour rejoindre l'hippodrome à quatre heures du matin. C'est elle qui m'avait donné du lait de chèvre quand j'avais eu si mal au ventre. On était assez proches.

Bobbie a subi de nombreuses opérations, et elle a suivi une thérapie pour le restant de ses jours. Elle a eu droit à un chien d'assistance, elle s'est remariée. Elle travaillait à la force de ses bras. Il y a des articles qui parlent d'elle sur Internet. Ses médecins ont raconté sa détermination, le personnage hors du commun qu'elle était. C'était un miracle vivant.

Elle est morte l'an dernier. Elle voulait écrire un livre sur sa vie. Elle venait du Minnesota.

IL MENAIT GRAND TRAIN

Je sortais avec Tommy Blue, un bon jockey, un cavalier de tout premier plan, un petit Cajun complètement cinglé. Il aimait aller manger chez Preston, un restaurant de viande très sélect. Il s'est lié d'amitié avec le propriétaire. Chaque fois que Tommy arrivait, le propriétaire lui servait du homard et une belle pièce de bœuf, il lui sortait le grand jeu. Tommy dévorait tout, il se gavait. Puis il se faisait vomir pour maintenir son poids.

Le restaurateur a commencé à demander à Tommy des trucs du genre : T'as des chevaux qui tiennent la route demain ? Et Tommy répondait : Ouais, je crois que j'ai une bonne chance dans cette course-là. Au début, c'était assez innocent. Discret. Mais Tommy s'est mis à jouer avec le feu et d'un coup, vous voyez le genre, on lui présente des gros bonnets, il leur fait des promesses, il leur file des tuyaux, il y a des trucs pas nets, il est payé en retour. Il mène grand train, il s'offre des costumes sur mesure, il faut dire qu'il est très petit.

Mais tôt ou tard, ça tourne mal : on se fait battre par un outsider, et les gens ne sont pas contents. D'un coup, Tommy s'est retrouvé avec des dettes jusqu'au cou. Et des gars à ses trousses.

À mon retour du Kentucky, je suis allée le voir, car on était restés bons amis. Il m'a dit qu'il allait se suicider, il m'a décrit comment il ferait. Je lui ai conseillé d'aller consulter un médecin. Non, ma chérie, je plaisantais, il a dit. Je ne ferais jamais ça. Tu es sûr ? Oui, il a répondu. J'en suis sûr.

Une semaine plus tard, j'ai appris qu'il était passé à l'acte. Il m'avait expliqué comment il ferait, et c'est exactement comme ça qu'il avait fait, mot pour mot.

JE NE VOULAIS PAS FAIRE D'HISTOIRES

Steve Silver était un dieu des courses, mais quand il avait bu, il me frappait. Je suis restée sept ans avec lui. Il refusait que je le quitte.

Lorsqu'on bosse dans les courses, on a souvent un œil au beurre noir, des bleus, des blessures, c'est banal. Si des gens soupçonnaient quelque chose, personne ne posait de questions. Je ne voulais pas faire d'histoires. Un soir, des amis m'ont convaincue de les accompagner au bar avec d'autres gens de l'hippodrome. Steve Silver s'est pointé et il a commencé à me faire une scène. Mes amis n'ont pas supporté. Ils l'ont expédié à l'hôpital. Après ça, j'ai enfin pu partir.

Maintenant, je suis amie avec son fils, Trevor. À une époque, Trevor passait chaque été avec nous. On habitait dans le cabanon de

Steve près d'un lac, pas très loin du champ de courses.

Au début, ça ne me plaisait pas vraiment qu'il soit là. Je n'appréciais pas particulièrement les enfants. Je n'avais pas envie d'être sa mère. Mais il m'aidait à l'hippodrome. Je le payais, il bossait, il méritait son salaire, et on a fini par devenir très bons amis.

Après la mort de son crétin de père, on a repris contact. Trevor dit toujours : Tu m'as sauvé, tu m'as sauvé de la noyade. Je ne sais pas si je l'ai sauvé ou non. Tout ce que j'ai fait, c'était plonger et le ramener sur la rive.

9

EXPLOITS DE RODÉO

Les jambes du vieux Cal Cantor étaient arquées comme s'il avait toujours un cheval sous lui. Quand il venait nous voir à l'hippodrome, j'emmenais sa femme et sa fille manger au Dairy Queen. Cantor travaillait avec la crème du bétail de rodéo. Donnie, son aîné, était champion de monte de taureau, troisième mondial. Connie Cantor, le cadet, était spécialisé en terrassement de bouvillon. Il a reçu un coup de corne, s'est fait arracher l'œil, et son visage… Je ne sais pas combien de fois on l'a recousu.

Cal Cantor m'a dit : Sonia, je t'ai vue faire avec les chevaux, je veux t'embaucher. Je commençais à en avoir marre des courses, alors je suis partie travailler dans son ranch du Dakota du Sud, une étendue de terre en bordure de réserve. Je comprenais pourquoi ses fils étaient des stars du rodéo – ces chevaux étaient sauvages. Il fallait les entraver rien que pour leur parer les sabots. Ils n'avaient jamais été approchés, pourtant Cantor voulait que je les débourre. Il me faisait faire des travaux aussi, alors que je n'y connaissais pas grand-chose. Il m'a fait sabler une stalle de départ en métal sous un orage.

Je bossais avec Roger, un Indien. Il avait beau avoir le dos cassé, Cantor le faisait travailler dur, l'Indien. Il avait du bétail et il cultivait du blé, alors Roger bossait sur son tracteur cahoteux toute la sainte journée. Roger habitait dans la réserve. Le jour de paie, sa famille essayait de venir récupérer son salaire parce qu'il était l'un des seuls à avoir du boulot.

Je travaillais avec Harry Trulock, aussi. C'était un jockey de Quarter Horses de l'Oklahoma. Cantor possédait des kilomètres de terres, avec des corrals au milieu de nulle part. L'une des missions de Harry consistait à conduire le bétail d'un corral à l'autre.

Harry aimait bien picoler, donc logiquement, la fois où il n'est pas rentré de sa journée de travail, tout le monde a cru qu'il s'était pris une cuite.

Le lendemain, pendant que je montais une clôture, j'ai levé les yeux et je me suis demandé : c'est quoi ce truc, un chevreuil ?

C'était Harry Trulock qui arrivait, déshydraté, les lèvres gercées, la peau écarlate. Il s'était perdu. Sur ces terres plates, la seule chose qu'on voyait, c'était des lignes électriques. Harry pouvait à peine descendre de cheval. On a dû le porter à l'intérieur. Je ne sais pas comment il a fait pour rentrer.

HUNTER ET SAUT D'OBSTACLE

Dale et Chester Treska débarquaient chaque année à la vente d'automne, vêtus de chemises monogrammées avec leurs vans élégants et aérodynamiques. Ils étaient à la recherche de chevaux pour leur écurie de hunter et de saut d'obstacle. Ils me complimentaient toujours : Sonia, arrête les courses, viens travailler avec nous. Quand j'ai quitté le ranch de Cantor, j'ai pris un billet pour Wilton, Wisconsin, mais entre deux cars, mes bagages se sont perdus. C'était un signe. J'ai fait les box dans le Wisconsin en tenue de ville parce que je n'avais que ça à me mettre.

Les Treska voulaient des chevaux qui ne gagnaient pas. Un cheval de course malin, il s'arrange pour ne pas galoper trop fort et évite de se blesser. Si un cheval ne force pas, il ne vaut rien pour nous, les gens des courses. On espère qu'un cavalier d'obstacle l'achète et lui offre une meilleure vie.

Les Treska achetaient un cheval de course pour huit cents dollars, ils lui apprenaient à franchir quelques obstacles, puis ils le revendaient six semaines plus tard pour huit mille. De Bracing Bill, ils ont obtenu dix mille.

Ils avaient une bonne réputation et la combine parfaite. Les gens aisés venaient leur acheter des chevaux et prendre des cours chez eux. Des gosses de riches capables de lâcher trente-cinq dollars de l'heure. Les parents étaient contents, ils disaient : Vous savez, ma fille fait de l'équitation. Mais les Treska ne me payaient pas. Je travaillais au pair. Ils me traitaient comme une domestique. J'ai tenu deux mois et demi.

Ils dénigraient les gens des courses, ils disaient qu'on était qu'une bande de voyous, mais leurs chevaux étaient estropiés, et les Treska les contraignaient et les barraient plus qu'on ne l'a jamais fait dans un hippodrome.

10

J'AI EU LE CHOIX

Quelques mois plus tard, j'étais de retour sur les hippodromes, j'accompagnais un cheval aux stalles de départ. Un autre cheval m'a foncé dessus avec son jockey et nous a heurtés sur le flanc. L'impact a sonné comme un coup de fusil. On est tous tombés. Moi en bas de la pile.

Ça avait eu lieu devant les tribunes. Le public était sous le choc. Les secouristes m'ont fait un massage cardiaque, y compris avec le défibrillateur. J'étais aux portes de la mort.

Mon cœur s'est remis à battre, mais j'étais dans le coma. J'entendais tout ce qu'on me disait, en revanche, je ne pouvais pas parler. Mes camarades entraient dans ma chambre et en ressortaient pour demander au corps médical : Est-ce qu'elle va s'en sortir ? Il paraît que l'audition est la dernière chose à disparaître. J'ai cru qu'on allait m'enterrer vivante.

J'ai eu le choix entre vivre et mourir. Quand j'ai décidé de vivre, je suis sortie du coma. Et là, j'ai beaucoup souffert. J'avais des tas de blessures et j'avais fait des hémorragies internes. J'avais toutes les côtes cassées sauf deux, et un poumon perforé. Je ne pouvais pas respirer, je ne pouvais pas marcher.

Par la suite, quand l'hôpital m'a renvoyée chez moi, ma famille des courses a dû me nourrir et m'assister car j'étais incapable de m'asseoir seule. Je louais un mobil-home sur un terrain pas très loin du champ de courses, mais je suis allée vivre plusieurs semaines avec Tim Tucker et sa femme. Ils ont pris soin de moi, les Tucker, mais aussi les femmes d'autres gars. Ils m'emmenaient à l'hippodrome pour que je puisse voir du monde et prendre le soleil. Une fois, ils m'ont même conduite au zoo.

ON PRÉFÈRE LA PISSE

Pendant ma convalescence, j'allais traîner sur l'hippodrome. Les gens des écuries ne sont pas censés approcher de la salle des tests anti-dopage, on ne veut pas qu'ils laissent un cheval uriner sans récupérer la pisse, ce qui obligerait à faire une prise de sang. Il y a des produits qu'on détecte seulement dans l'urine, alors on la préfère au sang. Mais on m'y a créé un poste pour que je puisse gagner un peu d'argent. Je n'avais eu aucune rentrée pendant mon séjour à l'hôpital, et mes économies, pourtant conséquentes, n'ont pas tardé à fondre.

Je passais les fêtes de Noël chez moi quand un ami du circuit du Nebraska m'a appelée. Il avait appris, pour mon accident, et il m'a dit : Tu devrais venir passer l'hiver en Floride, tu travailleras pour JR Boyd, de Ransom Farms. C'était l'occasion de fréquenter des grands chevaux et de grands entraîneurs. JR Boyd m'a payé mon billet d'avion et j'y suis allée.

J'ai été engagée comme lad. J'avais un après-midi de libre tous les deux jours. Les chevaux étaient de pures merveilles ! J'ai pansé un cheval qui valait cinq millions. Pas besoin de les mettre dans des bottes de balnéo, de leur appliquer de la glace ou de leur poser des bandes de repos. Tout est simple. Si un cheval n'est pas en forme, son propriétaire lui laisse le temps de se requinquer, et si la carrière d'un cheval de course se termine de façon prématurée, il se rattrape sur la reproduction.

JE VOUS EN PRIE, MADAME !

C'était un coin de riches. On avait le propriétaire du club des Yankees comme voisin. Je croisais beaucoup de célébrités. Certains riches propriétaires étaient normaux, ils avaient le sens des réalités, mais d'autres faisaient du cinéma en se pavanant sous leur chapeau. Les entraîneurs ne portaient pas de jean, ils étaient en costume. Très distingués.

Quand un cheval fait un crottin dans son box, le lad nettoie aussitôt. Il n'est pas acceptable qu'un entraîneur ou qu'un propriétaire voit son cheval les sabots dans la merde. On n'approche pas la fourche des animaux, ils sont trop précieux pour prendre ce risque, alors on sort le cheval de son box avant de ramasser ses besoins.

Quand on paille, on tasse encore et encore. La litière doit être parfaite. On remplit le box jusqu'à pouvoir faire rebondir une pièce de monnaie dessus. Mrs Milkie était pleine aux as. Un jour, je venais de remettre son cheval au box sur une litière impeccable quand je l'entends crier : Mon Dieu, oh mon Dieu !

J'accours, JR Boyd aussi. On dit : Qu'est-ce qui ne va pas ? Qu'est-ce qui se passe ? Et elle, de répondre : Percival a un brin de paille dans la queue !

CES STUPIDES CAMÉRAS ET CES GROS PROJECTEURS

Une chaîne de télévision locale envoyait régulièrement son équipe de tournage à l'écurie. On sortait un cheval de son box et on l'exhibait en donnant son pedigree. Petit-fils d'untel, etc. Le cheval était nerveux parce que les journalistes faisaient n'importe quoi avec leurs fils et leurs micros. Ces stupides caméras et ces gros projecteurs aveuglaient l'animal.

Un jour, j'en ai présenté un sous le nom de Cheval de l'Enfer, mais après le départ des journalistes, des entraîneurs sont venus me voir pour me demander : C'est qui Cheval de l'Enfer ? Où t'as trouvé ça ? Il s'appelle pas comme ça.

Là-bas, on ne dit pas : Qui êtes-vous ? On dit : C'est qui que vous êtes ? Et les gens parlent avec un fort accent. Alors quand j'avais demandé le nom du cheval, je n'avais pas entendu Cheval de Fer, mais Cheval de l'Enfer.

Il y avait beaucoup de drogue qui circulait en Floride. On se préparait tous au déménagement vers le Kentucky pour le derby du printemps. Les gens du circuit achetaient de la cocaïne pour la revendre à Louisville et à Lexington. Il y avait des arnaques, des combines. C'est comme ça que beaucoup s'en sortaient.

VA LUI FAIRE SA PETITE AFFAIRE

JR Boyd avait gagné cinq fois l'Indy 500, la course de voitures. C'était le fils qui bossait mais c'était le vieux, le pilote, qui avait investi l'argent et monté l'écurie. Ils s'appelaient tous les deux JR Boyd. Il y avait aussi le petit-fils, qu'ils surnommaient Hémorroïde.

Un jour, une fille est venue demander du travail. Elle n'y connaissait pas grand-chose aux chevaux, mais elle les aimait bien, elle les trouvait beaux. Elle avait pris des cours d'équitation dans son enfance. Entre deux chiques de tabac, le vieux Boyd a dit : C'est pas des chevaux d'équitation. Mais la fille était jolie, alors il l'a embauchée pour les marcher.

Quand on marche un cheval de course, il faut lui passer une chaîne autour des naseaux de façon à maintenir la pression et à pouvoir le contrôler. Mais la fille ne s'en sortait pas. Le vieux Boyd l'a observée, puis il a dit : Tu vois ce cheval là-bas ? Il a désigné un étalon de deux ans qui n'arrêtait pas de faire coulisser sa bite dans son fourreau.

Boyd a dit : Le cheval peut pas courir comme ça, il a la tête ailleurs. Va lui faire sa petite affaire. Astique-lui le machin. Ça te pose un problème ?

Non, a répondu la fille.

Elle a effleuré la bite du cheval, qui est remontée d'un coup contre son ventre. La fille a voulu l'attraper, mais la bite lui a de nouveau échappé pour se plaquer contre le ventre. Elle a fini par la saisir. Seigneur, elle a dit.

Boyd agitait les bras pour appeler tout le monde. Venez voir ! Venez voir cette nana ! Nan mais regardez ça !

DES MILLIONS

Durant le voyage entre l'écurie d'entraînement de Floride et le Kentucky, je n'ai pas quitté la remorque des chevaux parce qu'il fallait s'assurer que tout se passe bien. C'était un trajet de treize/quatorze heures. Sans ceinture de sécurité, sans siège. Mais quand on transporte des millions de dollars sur pattes, on ne s'embarrasse pas du code de la route. Chaque fois qu'un cheval attrapait du foin, le vent me rabattait des brins dans les yeux, alors je gardais mes lunettes de soleil. Je n'avais pas intérêt à avoir besoin de quelque chose. Quand on s'arrêtait pour faire le plein, je descendais me dégourdir les jambes.

On a fini par arriver à destination. Les écuries de Ransom Farms étaient magnifiques, rien ne dépassait. Une équipe travaillait sept jours sur sept à entretenir les terrains. Pour aplanir, tondre, ratisser, balayer. Certains étaient employés uniquement à dépoussiérer les box. Il y avait un cimetière pour les chevaux avec des statues de bronze grandeur nature sur chaque tombe. Le toit des écuries était en bois de cèdre. À l'entrée, la grande et ancienne grille s'ouvrait devant les plus chanceux.

UNE VIE DIFFICILE

À l'hippodrome de Churchill Downs, ce n'étaient que bons chevaux, grandes courses et les impressionnantes tourelles jumelles des tribunes. Je me disais : c'est le Kentucky Derby, et j'en suis. C'était mon rêve. J'avais commencé tout en bas de l'échelle et j'avais travaillé dur pour atteindre le sommet. Mais je n'y avais pas le même statut que sur les pistes moins cotées. J'étais lad, pas entraîneuse.

Au Kentucky, il y avait des dortoirs pour les gens des courses, et si on voulait en bénéficier, il fallait suivre le règlement : pas de visiteurs, extinction des feux à vingt-deux heures. J'avais beaucoup d'amis et j'aimais bien traîner au bord de la piste, alors je dormais dans un box en béton. Il y avait un petit radiateur au mur, des barreaux à la fenêtre, une grande porte en métal, une prise électrique. Je m'en sortais avec un réchaud et un matelas gonflable. Ça aurait été plus simple d'avoir une voiture. J'aurais dû me dégoter une voiture.

Le travail était plus facile, les chevaux en meilleure forme, les pistes splendides. Il y avait même un bus pour amener les gens de l'hippodrome au centre commercial pendant leurs après-midi de repos. Tout à coup, j'avais plein de temps libre. Je n'avais jamais connu ça sur le circuit des toits percés. Mais mes succès professionnels étaient plus visibles sur ces pistes moins cotées. J'ai commencé à ruminer : et maintenant ? C'est terrible, je n'ai plus envie de ça.

J'AI VOULU DEVENIR QUELQU'UN DE NORMAL

Pendant des années, vous ne fréquentez que les gens des courses. Vous n'avez pas de temps pour votre famille. Vos relations amoureuses ne durent jamais, car pierre qui roule n'amasse pas mousse. C'est dur, c'est éreintant, il y a des hauts et des bas. J'ai souvent été blessée. J'aurais pu me retrouver paralysée. Les médecins me l'ont dit : Ça n'est pas passé loin.

Mes parents me manquaient. Ils vieillissaient. Mon père faisait du diabète, puis on a diagnostiqué un cancer colorectal à ma mère. Ma sœur était en institution psychiatrique, donc incapable de les aider.

J'étais satisfaite de ce que j'avais accompli. Mes parents avaient fait beaucoup de sacrifices pour moi. Je me suis dit qu'il était temps que je leur rende la pareille. Alors je suis rentrée et j'ai voulu devenir quelqu'un de normal. J'ai trouvé un boulot à l'usine.

Je travaillais avec des gens sympas, j'avais des horaires agréables et un salaire régulier. Pas très élevé, et sans perspective d'augmentation. C'était une petite entreprise familiale, ils payaient ce qu'ils pouvaient.

J'avais encore Rowdy, puis j'ai eu Mick, un quarter horse qui venait de Turnpike Ranch dans le Montana. Je n'ai pas entièrement arrêté les chevaux après avoir quitté les courses, mais cette fois, c'était différent. C'était pour le plaisir. Keith Baxter était mort d'un cancer du poumon, je les ai donc mis en pension chez Bruce Wexford. Bruce avait plus de quatre-vingts ans, une moitié de sang indien, mais il se portait comme un charme. C'était un vieux cow-boy tranquille, un ancien cavalier de rodéo. Et mon ami.

Plusieurs mois ont passé, puis j'ai reçu une offre d'emploi de la part d'un excellent élevage en Floride. Mais ça m'ennuyait rien que d'y penser. Toujours les mêmes chevaux, les mêmes têtes, jour après jour, mois après mois. Au moins, sur un hippodrome, il y a des centaines de personnes et des centaines de chevaux. J'ai décliné. J'ai pointé à neuf heures le lendemain matin, puis le même jour à dix-sept heures.

LES CHEVAUX M'ONT APPRIS LA VIE

J'ai pu passer encore une année avec Rowdy à mon retour à la maison. Il est mort à trente-cinq ans. Même dans l'agonie, il s'est accroché. Il voulait vivre. Je suis restée agenouillée à côté de lui, mes mains sur son flanc. Ça faisait vingt-huit ans qu'on se connaissait.

J'avais un ami qui savait parler aux animaux, et un jour, il est venu me voir. J'étais assise dans le pré avec Rowdy pendant qu'il broutait. Mon ami m'a demandé de m'éloigner, puis il a murmuré à l'oreille de Rowdy. Après ça, Rowdy me suivait partout comme un petit chien.

Il ne fait jamais ça, j'ai dit. Qu'est-ce que tu lui as raconté ?

Je lui ai demandé s'il t'aimait, a répondu mon ami.

Quelques mois après la mort de Rowdy, Bruce Wexford a ramené un petit mustang d'une vente de rodéo dans le Minnesota. Chico était si mal en point qu'on a dû faire un sondage pour savoir s'il pouvait rester à l'écurie. Il venait de sortir de quarantaine au Mexique, et il avait la gourme. Il n'avait plus que la peau sur les os, il était couvert de cicatrices qui faisaient sur lui comme des tatouages.

J'ai fini par l'acheter à Bruce. Je le travaillais quand je n'étais pas à l'usine. J'ai réussi à lui faire prendre du poids et à le rassurer.

11

MISTER BAKER

Assez rapidement, j'ai rencontré un gars qui me paraissait bien. J'appréciais qu'il aime camper et passer du temps au grand air. J'ai quitté la maison de mes parents pour emménager dans un petit appartement avec lui. Mais à partir de là, il a commencé à avoir un comportement de plus en plus bizarre et pour finir, je lui ai annoncé que je le quittais. C'est pas fini tant que je décide pas que c'est fini, il a répliqué, et le lendemain, il a essayé de me tuer dans la sellerie de Bruce.

Il a surgi derrière moi pendant que je nettoyais le matériel de Chico. Il m'a plaquée au sol, il s'est assis sur moi et il m'a passé une corde autour du cou. Puis il a serré de plus en plus fort et, quand j'ai été presque évanouie, il a desserré pour me laisser respirer. Il racontait toujours que sa mère lui manquait – elle était morte quand il était petit. J'avais beau cracher du sang, j'ai réussi à articuler : Ta mère, qu'est-ce qu'elle penserait de ça ? Ça l'a fait réagir. Il a lâché la corde, il a enfourché son vélo et il est parti.

J'étais toujours par terre quand Bruce est arrivé en courant. J'avais les yeux rouges et des marques de corde sur le cou, avec des bleus qui commençaient à apparaître. Bruce a demandé : Mais qu'est-ce qu'il s'est passé ?

Au bureau du shérif, ils ont photographié mes blessures. J'ai donné le nom du type, sa description. Ils l'ont retrouvé l'après-midi même et mis en prison. Mais le lendemain, à l'heure du déjeuner, une femme du bureau du shérif m'a appelée à l'usine. C'est pour vous prévenir que Mr Baker (*Mister* Baker) a été relâché, elle a dit.

Après ça, je ne pouvais plus aller à l'écurie sans que Bruce soit là avec son fusil. Il tremblait beaucoup, mais il se tenait prêt avec son arme pendant que je m'occupais de Chico et de Mick. À la maison, mon père gardait un revolver chargé à côté de son fauteuil dans le salon. Et il y avait des battes de base-ball dans les autres pièces.

Un jour, j'ai trouvé mon chat tigré préféré pendu dans l'écurie. Bruce m'a mise en garde : La prochaine fois, il s'en prendra à tes chevaux. Je regardais Mick et Chico brouter dans le pré quand tout à coup, Chico s'est cabré et s'est mis à boxer des antérieurs. Et là, j'ai vu Baker détaler à quatre pattes comme un chien.

J'ai foncé sur le téléphone de l'écurie pour appeler les flics. Les gars du shérif sont arrivés et on est allés inspecter le champ boueux. Bruce a déclaré : Ça, c'est une empreinte de pas, et ça, de genou. On dirait qu'il a filé entre-temps, a dit le shérif.

Pas très loin, il y avait une remorque à grain vide avec une échelle. Un adjoint a commencé à grimper et quand il a été à mi-hauteur, Baker a sauté en le menaçant avec une hachette. Il a couru jusqu'à un ravin derrière l'écurie. Les adjoints n'ont pas tiré. Un officier a donné une matraque à Bruce et ils sont allés inspecter les bois marécageux, mais Baker était parti.

J'ai écouté toute la nuit la fréquence de la police. Baker a été aperçu près du pont, près de l'école. Puis il s'est volatilisé.

On a appris qu'il s'était échappé d'une prison fédérale et que les autorités croyaient jusque-là qu'il s'était noyé. J'étais escortée tous les jours pour aller et revenir du travail. J'ai dû changer mes horaires pour m'adapter à ceux de mes gardiens. J'ai dû déplacer mes chevaux à Waterfield, à trente kilomètres de là. Je ne pouvais pas sortir. Je passais mon temps à regarder par-dessus mon épaule. Ça épuisait mes parents, ça se voyait sur leurs traits.

Et devinez quoi ? J'ai repris des études pour intégrer les forces de l'ordre. Je me suis dit : mes droits ont été bafoués. Je veux apprendre comment fonctionne le système. Je refuse de fuir.

CET ENFOIRÉ

J'ai étudié le droit en cours du soir. Je m'en sortais bien, je n'avais que des A et des B. Pendant ce temps, je continuais de travailler à l'usine. J'avais quarante, quarante et un ans.

J'ai fait un stage dans un centre de réinsertion pour détenus tout juste libérés. J'avais choisi cet endroit parce que je pensais qu'ils étaient comme lui. Je voulais comprendre comment fonctionnait leur cerveau. Mais c'était surtout des pauvres types avec des problèmes de drogue.

La responsable du centre m'a dit : Sonia, et si vous postuliez pour bosser en prison ? J'ai travaillé au pénitencier fédéral. C'est bien payé, mieux qu'un policier, alors pensez-y. On passe des tests, il faut obtenir un certain pourcentage. Ça dure quatre ou cinq heures, et si vous réussissez, vous pouvez devenir surveillante pénitentiaire.

J'ai trouvé que c'était une bonne idée. Peut-être qu'un jour, ce connard franchirait les portes de la prison, et là, je lui lancerais : T'en as mis, du temps.

PRISON POUR HOMMES

J'ai été convoquée pour passer un entretien dans deux endroits : la prison pour femmes de Jasper et le pénitencier fédéral pour hommes d'Onakona.

À Jasper, la directrice m'a posé des questions assise à une longue table de salle de réunion. Puis elle a dit qu'elle me tiendrait au courant. À Onakona, on m'a embauchée tout de suite. J'ai fait des tests de dépistage de drogue – urine et sang. J'ai suivi une formation où on m'a fourni plein de renseignements. J'ai obtenu mon certificat et j'ai pris mon poste.

Je répondais aux codes d'urgence, je faisais ma part du boulot. J'ai même dû gérer une bagarre au couteau. Rien que ça. Et je m'en suis bien sortie. J'étais forte et musclée. Parfois, je m'en tirais même mieux parce que j'étais une femme.

Il n'y a pas beaucoup de bonnes femmes dans les prisons de haute sécurité, alors les gars, faut pas leur en vouloir. Harcèlement sexuel, exhibitionnisme. On fait un rapport ou bien on les ignore. J'avais longtemps bossé sur les champs de courses, j'avais l'habitude.

Je devais surveiller les douches, les voir le cul à l'air. Je ne faisais pas la maligne. Mais on m'avait affectée là. C'était mon boulot, donc je m'exécutais.

Je n'étais pas gênée, ou si c'était le cas, je ne le montrais pas.

LA VEDETTE

On voit des trucs durs. Des comportements inhumains. Au bout d'un moment, ça vous change. Ça vous rend assez froide.

Il y avait des gardiens tordus, encore plus que les détenus. Des types qui faisaient des trucs sadiques à leur femme et à leurs gosses. Il y avait des prisonniers qui purgeaient vingt ans pour un joint alors que certains gardiens fumaient sur le parking à la pause-déjeuner.

On avait tout le temps des prisonniers qui se faisaient agresser : les petits, et ceux qui avaient des problèmes mentaux. Les gardiens ne s'assuraient pas qu'ils prennent bien leurs médicaments. Ils aimaient les voir complètement paranos et paniqués. Il y avait des détenus qui essayaient de se pendre. Certains réussissaient.

Un type se fait violer dans une cage d'escalier ou voler l'argent envoyé par sa famille, et tout le monde s'en fout. C'est racket sur racket sur racket. On voit beaucoup de trucs et ensuite, certains continuent de vous hanter.

Un jour, à Noël, la femme et les enfants d'un détenu sont morts. Ils retournaient à La Vedette après être venus le voir. Ils ont eu un accident sur l'autoroute à cause d'une plaque de verglas.

Ce soir-là, j'ai dû aller chercher le détenu dans sa cellule et le conduire chez l'aumônier pour qu'il lui annonce la nouvelle. Au début, le détenu croyait que c'était son grand-père qui venait de mourir.

J'ai pensé : j'aurais préféré que ce soit ton grand-père. Je suis vraiment désolée, j'ai dit.

Le lendemain, j'ai été convoquée. Mon chef m'a demandé : Auriez-vous de la pitié pour ces condamnés ?

UNE MOUSTACHE NOIRE

Nos supérieurs passaient leur temps à dire : Ne croyez jamais ce que dit un détenu. Mais dès qu'un détenu dit à un camarade : Elle m'aime bien, ou : Elle m'a souri, ils enquêtent. Ils étaient tout le temps en train d'enquêter sur moi.

Ils avaient leurs raisons. Ça arrive que des surveillantes, des infirmières, des conseillères tombent amoureuses. Ce n'est pas rare. Mais il y avait plein d'autres relations entre détenus et gardiens qui ne faisaient jamais l'objet d'une enquête. Personne n'en parlait.

Mieux on est payé, plus on devient paresseux. Certains gardiens jouaient aux cartes pendant que je me tapais tout le boulot. Je débusquais des armes, de la gnôle. Ensuite, ils me détestaient parce que je renvoyais une mauvaise image d'eux.

Un jour, j'ai mis fin à une bagarre. J'avais déjà menotté le gars au sol avant même qu'on me vienne en aide. Le chef m'a dit : Bien joué, mais que ça te monte pas à la tête. Il a ajouté : Vous, les femmes, vous ne bossez là que parce que l'État nous y oblige.

Le pénitencier d'Onakona est immense, sombre, vieux, on dirait un château. Il a été construit avec la roche des falaises qui bordent la rivière. Les premiers prisonniers ont extrait des pierres, les ont transportées et empilées jusqu'à s'emmurer.

Avant, il y avait aussi des détenues. Un jour, une femme s'est échappée. Elle purgeait trente ans pour avoir empoisonné son mari. Elle s'est confectionné un manteau et un pantalon d'homme avec de la laine qu'elle récupérait en cousant les uniformes de ses congénères. Certains l'ont vue se promener en ville. Elle s'était aussi fabriqué une moustache noire qu'elle n'arrêtait pas de friser. Ensuite, elle s'est volatilisée.

BLONDE, MIGNONNE, FOSSETTES PRONONCÉES

Les années ont passé. Et un jour, au début du printemps, un fermier qui allait récupérer son bétail dans un champ a trébuché sur le corps en décomposition de Baker. Je pouvais enfin vivre en paix, maintenant que sa dépouille puante avait été retrouvée.

C'était derrière l'écurie de Bruce. Ils ont dit que le cœur avait lâché. Il attendait que je revienne.

Au début, on a cru qu'il s'agissait du cadavre de Kellie Lankershim, une présentatrice du journal télévisé local portée disparue des années plus tôt.

Cette salope me rappelle mon ex, affirmait Baker quand on regardait les infos de dix-huit heures. Il avait toujours une photo de l'ex dans son portefeuille et un jour, il me l'a montrée.

Elle ressemblait en effet beaucoup à Kellie Lankershim : blonde, mignonne, fossettes prononcées.

Kellie a disparu dans la semaine qui a suivi la tentative d'étranglement de Baker à l'écurie. Et devinez quoi ? Elle habitait dans une résidence près de la rivière où vivait aussi un des potes camés de Baker. Le gars en question possédait une camionnette blanche. Le matin de la disparition de Kellie, quelqu'un a vu une camionnette blanche quitter le parking où on a retrouvé son sac et ses clefs.

Quand j'ai appris ça, je suis allée au bureau du shérif pour raconter ce que je savais. Mais ils ne m'ont pas écoutée et on n'a jamais retrouvé le corps.

Pendant un moment, j'ai cherché Kellie Lankershim. On a fait des battues dans les champs et les bois. Je suis entrée en contact avec sa sœur et sa mère. J'ai tenté de faire quelque chose.

12

ONAKONA

J'en suis arrivée au point où, à force de bosser en prison, je ne me supportais plus, alors j'ai démissionné. C'est à ce moment-là que j'ai rencontré Jerry. Lui aussi était gardien. Il a quitté son poste quelques années après moi. On s'est mis à faire les brocantes et à sympathiser avec des marchands. Ils nous ont dit : Vous devriez monter un business tous les deux. Depuis, c'est ce qu'on fait ; le week-end, on tient un stand ici ou là.

On habite toujours à Onakona. On a acheté une petite maison au sommet d'une colline avec vue sur des kilomètres à la ronde depuis le porche. On voit des aigles, des chevreuils et la nuit, on entend les coyotes. Il y a une jolie rue principale en ville et le splendide parc national de Mahaskah.

Le peintre d'*American Gothic* est né et enterré à Onakona. Il était gay, mais il avait épousé une femme. Quand ils ont divorcé, sa famille l'a déshérité. Il ne souhaitait pas être enterré avec eux, pourtant il s'est retrouvé dans le tombeau familial au pied de leur grand lion en pierre. Sa pierre tombale est un simple carré avec son nom et ses dates de naissance et de mort. Il ne voulait rien d'extravagant.

Par la suite, on a baptisé l'école du coin en son honneur. Chaque année, un festival d'art a lieu pour lui rendre hommage. Il a grandi dans une maison pas très loin de la mienne. On raconte qu'il peignait sur des pierres là-bas et qu'avec un peu de chance, on peut encore en trouver.

Chico et Mick ont été un temps en pension non loin. Ils broutaient dans le champ où le peintre avait l'habitude d'installer son chevalet, sa toile et son petit tabouret pliant. Ce champ ressemble à ses tableaux : vallonné, en pente, vert. Tout au bout, il y a une grange en ruine où il avait peint autrefois une fresque murale, mais personne n'a jamais rien fait pour la conserver et elle est presque effacée, maintenant.

QU'IL PLEUVE OU QU'IL VENTE

Mon père est mort l'an dernier et ma mère est venue vivre chez nous avec son nouveau cancer. Je l'avais déjà accueillie plusieurs années auparavant avec son premier cancer. Elle est morte un 13 mai, le lendemain de la fête des mères.

Quand je suis partie travailler sur les hippodromes, je ne pouvais pas emmener Rowdy, alors il était resté chez Baxter, qui le traitait bien. Année après année, ma mère s'est rendue très régulièrement à l'écurie pour le brosser et lui parler. Avant, elle ne conduisait jamais en hiver, elle prenait le bus pour se rendre au travail s'il neigeait, mais qu'il pleuve ou qu'il vente, elle allait voir Rowdy.

Elle le promenait en main et elle lui donnait des friandises. Il avait une belle écurie, un beau box, un seau d'eau tiède. En vieillissant, il a eu le droit de rester à l'intérieur la nuit et aussi la journée, s'il faisait froid. Au bout d'un moment, on a dû lui donner du mash de son chaud plusieurs fois par semaine et des vitamines. Quand il s'est mis à avoir de l'arthrose, j'ai envoyé de l'Équipalazone par la poste. Ma mère l'écrasait dans un moulin à café et le mélangeait à du sirop d'érable. Puis elle mettait cette mixture à l'intérieur d'une grande seringue et la lui injectait directement dans la bouche.

Dans ma jeunesse, je fêtais toujours l'anniversaire de Rowdy, et après mon départ, ma mère a continué. Elle prenait des photos, qu'elle me faisait parvenir à l'hippodrome. Il portait un chapeau d'anniversaire, il avait des biscuits au gingembre ou à la mélasse et les naseaux couverts de sucre glace à cause des cupcakes.

Même si ma mère passait une sale journée, que sa semaine était éprouvante, dès qu'elle était avec Rowdy, elle allait mieux. Rowdy et moi, on a nos petits secrets, elle disait.

CE N'EST PAS COMME UN CHAT

Chico et Mick sont tous les deux morts il y a quelques années. Je n'ai plus de chevaux. On passe notre temps chez le médecin à cause de la santé de Jerry. Moi aussi, j'ai mes petits soucis. On part le week-end. Un cheval, ce n'est pas comme un chat qui n'a besoin que d'une litière, d'un peu de nourriture et d'eau. Quand on a un cheval, il faut être présent pour lui.

À l'époque où le prix de la viande était élevé, un cheval, ça valait plus qu'une vache au kilo. L'élevage intensif a prospéré. Puis le grand abattoir du Texas a fermé, et les prix ont chuté. Tout à coup, on trouvait des chevaux gratuits partout sur Internet. Mon téléphone n'arrêtait pas de sonner, des gens essayaient toujours de m'en refourguer. Mais un cheval gratuit, ça n'existe pas.

Les courses de chevaux passent pour être cruelles, seulement il y a encore davantage de cruauté chez les particuliers. Ils n'y connaissent rien en parage des sabots ou en limage des surdents. Ils s'imaginent qu'un cheval, il a de l'herbe, et ça lui suffit, mais s'il n'a pas d'herbe, il meurt de faim. J'avais des voisins qui nourrissaient leurs chevaux avec le pain du camion du boulanger. Après la mort d'un premier cheval, j'ai contacté les services vétérinaires. Entre-temps, d'autres sont morts de malnutrition. Il a fallu que trois chevaux succombent et que leurs corps soient laissés à pourrir, que j'appelle et appelle encore, pour que quelqu'un enquête enfin, mais il n'y a même pas eu d'amende, et aucune conséquence.

VIVACES

Cette semaine, j'ai été très occupée, mais il faut absolument que je vous envoie ces photos de Rowdy par la poste. Mes cousins sont venus nous voir et avant ça, j'avais des tapis à shampouiner.

Il y a eu un peu de neige. La semaine dernière, la terre en était saupoudrée. C'est trop tôt pour ça. On n'a pas eu le temps de rentrer les fleurs ni de pailler les parterres. Mes plantes en pot ont gelé. J'ai jeté un manteau sur le gros romarin, mais les autres n'ont pas tenu. Bien sûr, certaines vivaces s'en sortiront, même si elles ne sont pas adaptées à la région. Aujourd'hui, il devrait plutôt faire quinze degrés Celsius.

Les Amish étendent des bâches en caoutchouc pour étouffer les mauvaises herbes. Je ne l'ai pas fait cette année et j'ai perdu beaucoup de fraises. Au printemps prochain, il se peut qu'on essaie la culture hors-sol.

Hier soir, Jerry et moi on a regardé une émission sur les crimes de JR Boyd et Ransom Farms. À l'époque où je travaillais là-bas, le grand patron de Ransom, c'était BJ Bundy, un ami de JR Boyd. Tous les deux adoraient filer où bon leur semblait à bord de leur jet. Ils dépensaient sans compter, mais Bundy gérait mal les écuries, alors il a creusé le déficit.

Leur cheval le plus précieux était Galewood, qui est mort dans des circonstances mystérieuses. Et à partir de là, tout est parti en vrille. Ransom a fait faillite. Tout le monde pense que Bundy a tué Galewood pour toucher l'assurance, mais rien n'a jamais pu être prouvé.

TU TE SOUVIENS ?

Récemment, il y a eu une grande réunion de gens des courses à Horsemen's Park. Je voulais y aller, mais je craignais que ça me donne envie de repartir sur le circuit. On dit que les courses, ça vous colle à la peau. J'en rêve encore presque chaque nuit.

J'ai ma bande du Nebraska. J'ai des amis en Floride et au Kentucky. On me demande : Tu te souviens d'untel ou d'une telle ? En général, c'est d'un cheval dont ils parlent, mais parfois, c'est d'une personne.

Rod Greer est dans les courses depuis quarante-cinq ans. Certains jockeys cessent de courir mais continuent à galoper des chevaux. Il y a des lads qui se sont retirés un moment, puis qui sont revenus. Les vieux entraîneurs continuent à avoir des chevaux de course, mais ils engagent quelqu'un pour entraîner à leur place. Certains ont des fils ou des filles dans le métier. Quelques-uns des étalons dont je me suis occupée continuent à faire des poulains. Et leurs poulains courent, aujourd'hui.

Quand on atteint mon âge, ce n'est pas sans difficulté. Les blessures, ça donne de l'arthrose. Je me suis souvent fait mal, et je pensais m'en être plutôt bien sortie. Maintenant, quand je me réveille par un jour pluvieux, j'y repense. Et là, tout me revient en bloc.

UN LANGAGE PARTICULIER

Quand je raconte à Jerry des histoires sur le milieu des courses, il ne dit pas grand-chose. Pour ceux qui n'ont pas connu ça, c'est difficile à comprendre. Il y a un langage particulier qu'on apprend sur le circuit. Quand je rentrais chez moi pour les fêtes et que j'essayais d'expliquer ma vie à ma famille, ça n'avait pas de sens pour eux : Quoi ? Hein ? Qu'est-ce que tu veux dire ?

Dans les courses, on ne dit pas *On a gagné.* Une personne du milieu dit : *On gagne.* Grammaticalement, ce n'est pas correct, mais on ne dit pas : *On a gagné*. On ne dit pas non plus : *On va gagner.* La course est terminée, elle a été gagnée, mais on dit malgré tout : *On gagne, on gagne, on gagne.*

POSTFACE

Cavaler seule provient d'entretiens enregistrés en personne et par téléphone en 2018, 2020 et 2021. Avec la permission de Sonia, j'ai retranscrit ces enregistrements, que j'ai ensuite utilisés pour ce livre, qui est une œuvre de fiction. Ma profonde gratitude à Sonia et à ma mère, qui nous a mises en relation.

Kathryn Scanlan

REMERCIEMENTS

Merci à Teresa Scanlan, George Scanlan, Caleb Lyons, Harriet Moore, Marigold Atkey, Jimena Gorráez et Daunt Books pour leur soutien pendant la création et la publication de ce livre. Merci à Barbara Epler et à New Directions pour l'avoir publié aux États-Unis en août 2022. Merci à Emily Stokes et à la *Paris Review* d'en avoir publié un extrait dans le numéro du printemps 2022, à *Harper's* d'avoir fait de même dans le numéro d'août 2022 et à Rachel Allen et à *Granta* pour en voir fait paraître un extrait sur le site Internet du magazine. Et à Sonia – merci pour nos discussions.

Composé et mis en pages
par Nord Compo à Villeneuve-d'Ascq
et achevé d'imprimer en avril 2023
par Corlet,
en Normandie.

FSC
www.fsc.org
MIXTE
Papier issu de sources responsables
FSC® C014496

ISBN : 978-2-413-08032-9
Dépôt légal : août 2023
Numéro d'impression : 23020443